考《かんが》えを広《ひろ》げる

教《きょう》科《か》書《しょ》のお話《はなし》

3年《ねん》生《せい》

考《かんが》えを広《ひろ》げる

教《きょう》科《か》書《しょ》のお話《はなし》 3年《ねん》生《せい》

もくじ

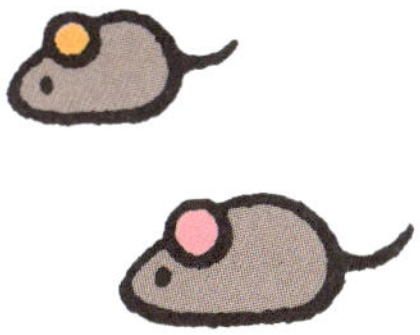

（★）の作品は長編のため、一部を掲載しています。続きはぜひ単行本を読んでみてください。
昔話は内容は同じでも、教科書の文とはことなるものもあります。

カバーイラスト　fancomi《ふぁんこみ》

はじめに

この本《ほん》を読《よ》むみなさんへ

みなさんは、今《いま》、どんなお話《はなし》を読《よ》んでいますか？

三年生《さんねんせい》は、好《す》きなお話《はなし》やお気《き》に入《い》りの作品《さくひん》が見《み》つかる一方《いっぽう》で、そこから読《よ》み広《ひろ》げることができなかったり、お話《はなし》を読《よ》む楽《たの》しさが見《み》つからなくて、読書《どくしょ》の時間《じかん》が少《すく》なくなることがあるかもしれません。

ただ一《ひと》つ、知《し》ってほしいことがあります。それは、「お話《はなし》を読《よ》む楽《たの》しさ＝笑《わら》える、おもしろい」ということだけではないということです。

この本《ほん》では、「おにたのぼうし」や「ちいちゃんのかげおくり」、「サーカスのライオン」など、教科書《きょうかしょ》にのっているお話《はなし》が紹介《しょうかい》されています。「ちいちゃんのかげおくり」は戦争《せんそう》を題材《だいざい》としたお話《はなし》ですし、「おにたのぼうし」や「サーカスのライオン」の中《なか》にも「失《うしな》う」ことが出《で》てきます。

みなさんにとって、「失《うしな》う」って、どんなことでしょう？　この本《ほん》を通《とお》して、じっくりと考《かんが》える楽《たの》しさを味《あじ》わってほしいと思《おも》います。

保護者《ほごしゃ》の方《かた》へ

小学校《しょうがっこう》の時《とき》に読《よ》んだ物語《ものがたり》、といわれて、大人《おとな》になった皆《みな》さんが思《おも》いうかべるお話《はなし》はなんでしょう？　「おおきなかぶ」「モチモチの木《き》」「ごんぎつね」「海《うみ》のいのち」など、今《いま》も教科書《きょうかしょ》に掲載《けいさい》されているお話《はなし》を思《おも》い出《だ》された方《かた》もいらっしゃることでしょう。

本書《ほんしょ》は、今《いま》の子《こ》どもたちにはもちろん、かつて子《こ》どもだった大人《おとな》の皆《みな》さんにもお勧《すす》めしたい一冊《さつ》です。親子《おやこ》で読《よ》んでいただき、ぜひお話《はなし》についての感想《かんそう》を話《はな》し合《あ》ってみてください。いつのまにか、本音《ほんね》で話《はな》し合《あ》っていることに気《き》づくことでしょう。共通《きょうつう》の題材《だいざい》について、自由《じゆう》に感想《かんそう》を話《はな》し合《あ》うことが、子《こ》どもたちの心《こころ》を育《そだ》てることにつながります。大人《おとな》の皆《みな》さんにとっても、それはかけがえのない時間《じかん》になると思《おも》います。

読書《どくしょ》は、「非認知能力《ひにんちのうりょく》」を育《はぐく》むのに効果的《こうかてき》です。好奇心《こうきしん》や共感性《きょうかんせい》、コミュニケーション能力《のうりょく》などの非認知能力《ひにんちのうりょく》は、学校生活《がっこうせいかつ》だけでなく、社会生活《しゃかいせいかつ》においても役立《やくだ》ちます。非《ひ》認知能力《にんちのうりょく》を育《はぐく》むことで、子《こ》どもたちはより豊《ゆた》かな心持《こころも》ちで過《す》ごすことができるでしょう。本書《ほんしょ》は読《よ》み物《もの》としてだけでなく、コミュニケーションのための一冊《さつ》としても、ぜひ活用《かつよう》していただきたいと思《おも》います。さあ皆《みな》さんでお話《はなし》の世界《せかい》を楽《たの》しみましょう！

筑波大学附属小学校《つくばだいがくふぞくしょうがっこう》　国語科教諭《こくごかきょうゆ》　白坂《しらさか》　洋一《よういち》

おにたのぼうし

［作《さく》］あまんきみこ　［絵《え》］いわさきちひろ

せつぶんの夜《よる》のことです。

まことくんが、元気《げんき》にまめまきを始《はじ》めました。

ぱらぱらぱらぱら
まことくんは、いりたてのまめを力《ちから》いっぱいなげました。

「ふくはーうち。おにはーそと。」

茶《ちゃ》の間《ま》も、客間《きゃくま》もこども部屋《べや》も、台所《だいどころ》も、げんかんも手《て》あらいも、ていねいにまきました。そこで、まことくんは、

「そうだ、ものおき小屋《ごや》にも、まかなくっちゃ。」

と、いいました。

そのものおき小屋《ごや》のてんじょうに、きょねんの春《はる》から、小《ちい》さなくろおにのこどもがすんでいました。

おにたという名前《なまえ》でした。

おにたは、気《き》のいいおにでした。

きのうもまことくんに、なくしたビーだまをこっそり拾《ひろ》ってきてやりました。

このまえは、にわか雨《あめ》のとき、ほしものを、茶《ちゃ》の間《ま》になげこんでおきました。

お父《とう》さんのくつをぴかぴかにひからせておいたこともあります。

でも、だれもおにたがしたとは気《き》がつきません。はずかしがりやのおにたは、みえないように、とても用心《ようじん》していたからです。

まめまきの音《おと》をききながら、おにたは思《おも》いました。

（にんげんっておかしいな。おにはわるいって、決《き》めているんだから。おににも、いろいろあるのにな。にんげんも、いろいろいるみたいに。）

そして、古《ふる》いむぎわらぼうしをかぶりました。

つのかくしのぼうしです。

こうして、かさっとも音《おと》をたてないで、おにたは、ものおき小《ご》屋《や》をでていきました。

こな雪《ゆき》がふっていました。

どうろも屋《や》根《ね》ものはらも、もうまっ白《しろ》です。

おにたのはだしの小《ちい》さなあしが、つめたい雪《ゆき》のなかに、ときどききすぽっと入《はい》ります。

（いいうちがないかなあ。）

でも、こんやは、どのうちも、ひいらぎの葉《は》をかざっているので、入《はい》ることができません。

ひいらぎは、おにの目《め》をさすからです。

小《ちい》さなはしをわたったところに、トタン屋《や》根《ね》の家《いえ》をみつけました。

おにたのひくい鼻《はな》がうごめきました。

（こりゃあ、まめのにおいがしないぞ。しめた。ひいらぎもかざっていない。）

どこから入《はい》ろうかと、きょろきょろみまわしていると、入《い》り口《ぐち》のドアがあきました。

おにたは、すばやく、家《いえ》のよこにかくれました。

女《おんな》の子《こ》がでてきました。

その子《こ》は、でこぼこしたせんめんきのなかに、雪《ゆき》をすくっていれました。それから、赤《あか》くなった小《ちい》さな指《ゆび》を、口《くち》にあてて、はーっと白《しろ》い息《いき》をふきかけています。

（いまのうちだ。）

そう思《おも》ったおにたはドアから、そろりとうちのなかに入《はい》りました。

そして、てんじょうのはりの上《うえ》にねずみのようにかくれました。

部屋《へや》のまんなかに、うすいふとんがしいてあります。

ねているのは、女《おんな》の子《こ》のお母《かあ》さんでした。

女《おんな》の子《こ》は、あたらしい雪《ゆき》でひやしたタオルを、お母《かあ》さんのひたいにのせました。すると、お母《かあ》さんが、ねつでうるんだ目《め》をうっすらとあけて、いいました。

「おなかがすいたでしょう?」

女《おんな》の子《こ》は、はっとしたようにくちびるをかみました。でも、けんめいに顔《かお》をよこにふりました。そして、

「いいえ、すいてないわ。」

とこたえました。

「あたし、さっき、食《た》べたの。あのねえ……あのねえ……、お母《かあ》さんがねむっているとき。」

と、話《はな》しだしました。

「しらない男《おとこ》の子《こ》が、もってきてくれたの。あったかいあかごはんと、うぐいすまめよ。きょうはせつぶんでしょう。だから、ごちそうがあまったって。」

おかあさんは、ほっとしたようにうなずいて、またとろとろねむってしまいました。すると、女《おんな》の子《こ》が、ふーっと長《なが》いため息《いき》をつきました。

おにたはなぜか、せなかがむずむずするようで、じっとしていられなくなりました。それで、こっそりはりをつたって、台所《だいどころ》にいってみました。

（ははあん――）

台所《だいどころ》は、かんからかんにかわいていています。米《こめ》つぶひとつありません。だいこんひときれありません。

（あのちび、なにも食《た》べちゃいないんだ。）

おにたは、もうむちゅうで、台所《だいどころ》のまどのやぶれたところから、寒《さむ》い外《そと》へとびだしていきました。

それからしばらくして、入《い》り口《ぐち》をとんとんとたたく音《おと》がします。

（いまごろ、だれかしら？）

女《おんな》の子《こ》がでていくと、雪《ゆき》まみれのむぎわらぼうしをふかくかぶった男《おとこ》の子《こ》がたっていました。そして、ふきんをかけたおぼんのようなものをさしだしたのです。

「せつぶんだから、ごちそうがあまったんだ。」

おにたはいっしょうけんめい、さっき女《おんな》の子《こ》がいったとおりにいいました。

女《おんな》の子《こ》はびっくりして、もじもじしました。

「あたしにくれるの？」

そっとふきんをとると、あたたかそうなあかごはんとうぐいすいろのにまめがゆげをたてています。

女《おんな》の子《こ》の顔《かお》が、ぱっと赤《あか》くなりました。

そして、にこっとわらいました。

女《おんな》の子《こ》がはしをもったまま、ふっとなにか考《かんが》えこんでいます。

「どうしたの？」

おにたが心配《しんぱい》になってきくと、

「もうみんな、まめまきすんだかな、と思《おも》ったの。」

とこたえました。

「あたしもまめまき、したいなあ。」

「なんだって？」

おにたはとびあがりました。

「だって、おにがくれば、きっとお母《かあ》さんの病気《びょうき》が悪《わる》くなるわ。」

おにたは手《て》をだらんとさげてふるふるっとかなしそうにみぶるいしていいました。

「おにだって、いろいろあるのに。おにだって……。」

こおりがとけたように、急《きゅう》におにたがいなくなりました。あとには、あのむぎわらぼうしだけが、ぽつんとのこっています。

「へんねえ。」

女《おんな》の子《こ》は立《た》ちあがって、あちこちさがしました。

そして、

「このぼうしわすれたわ。」

それを、ひょいともちあげました。

「まあ、黒《くろ》いまめ！　まだあったかい……」

お母《かあ》さんが目《め》をさまさないように、女《おんな》の子《こ》はそっと、まめをまきました。

「ふくはーうち。おにはーそと。」

むぎわらぼうしから黒《くろ》いまめをまきながら、女《おんな》の子《こ》は、

（さっきの子《こ》は、きっと神《かみ》さまだわ。そうよ、神《かみ》さまよ……）

と、考《かんが》えました。

（だから、お母《かあ》さんだってもうすぐよくなるわ。）

ぱらぱらぱらぱら
ぱらぱらぱらぱら
とてもしずかなまめまきでした。

白《しろ》い花《はな》びら

［作《さく》］やえがしなおこ　［絵《え》］おおでゆかこ

さいしょにその道《みち》を見《み》つけたのは、ゆうただった。

じゅうたく地《ち》のどうろから、林《はやし》の中《なか》へつづく道《みち》。

ゆうたはちょっとしりごみしたけれど、かずきは平気《へいき》みたいだった。

「たんけんしよう。」

そういって、かずきが先《さき》に走《はし》りだしたので、ゆうたもしかたなくあとにつづいた。いばらのとげやねっこに引《ひ》っかかって、ゆうたはなかなかはやく走《はし》れない。

「おうい、早《はや》くこいよ。」

　やっとかずきにおいついて、ゆうたは、あっと目《め》をみはった。とつぜん、広《ひろ》い野原《のはら》にでたからだ。野原《のはら》は、つめ草《くさ》のみどりと春《はる》の光《ひかり》でいっぱいだった。

「すごい。」

　ゆうたがいうと、かずきはとくいげに目《め》をかがやかせた。

「ここ、ひみつきちにできるな。ちょっと、あっちを見《み》てくる。」

　かずきが、あっというまにすすき

のむこうにきえたので、ゆうたは一人《ひとり》でそこにのこされた。

――どうしよう。

少《すこ》しまよって、ゆうたは林《はやし》のそばを歩《ある》きはじめた。歩《ある》くと、草《くさ》が「キュッキュッ」と鳴《な》る。風《かぜ》が、林《はやし》をゆらしている。ゆうたは、どんどん歩《ある》いていった。そして、だれかの声《こえ》に立《た》ちどまった。

「長《なが》い冬《ふゆ》だったね。やっと春《はる》がきたね。」

すぐそこで、女《おんな》の子《こ》が一人《ひとり》、林《はやし》にむかって話《はな》しかけている。

林《はやし》の中《なか》で、「チイチイ」と鳥《とり》が鳴《な》いた。

女《おんな》の子《こ》は、またいった。

「新《あたら》しい家《いえ》は、もう見《み》つかった？」

――あの子《こ》、鳥《とり》と話《はな》してるのか？

ゆうたは、目《め》を大《おお》きく開《ひら》いた。

同時《どうじ》に女《おんな》の子《こ》がふり返《かえ》った。おどろいたような目《め》でゆうたを見《み》て、そして、にこりとわらった。日《ひ》だまりの中《なか》で、ふわりと花《はな》のようなにおいがしたな、と思《おも》ったとき。

「ゆうた、こっちにきてみろよ。」

遠《とお》くで、かずきの声《こえ》がした。

「今《いま》いくよ。」

あわてて返事《へんじ》をして、もういちど見《み》たら、女《おんな》の子《こ》はいなかった。

「これ、動物《どうぶつ》みたいに見《み》えるだろ。」

かずきが見《み》つけたのは、二《ふた》つの細長《ほそなが》い岩《いわ》だった。はしっこが空《そら》をむいて、今《いま》にもかけだしそうに見《み》える。

「馬《うま》みたいだ。」

ゆうたがいうと、かずきは、ひらりと岩《いわ》にまたがった。

「乗《の》りごこち、いいぞ。乗《の》ってみろよ。」

岩《いわ》は思《おも》ったより大《おお》きくて、ゆうたは、登《のぼ》るのにちょっとくろうした。

岩《いわ》の上《うえ》で、体《からだ》をゆらしてみると、なんだか馬《うま》に乗《の》っている気分《きぶん》だ。目《め》の前《まえ》の野原《のはら》を、どんどん走《はし》っていけそうな気《き》がする。

——ぼうけんのたびの、主人公《しゅじんこう》みたいだ。

けれども、かずきはすぐに岩《いわ》から下《お》りてしまった。

「あっちのほうも、いってみないか。」

もう少《すこ》し乗《の》っていたいなあと思《おも》いながら、ゆうたは岩《いわ》からおりた。

けっきょくその日《ひ》は、馬《うま》の形《かたち》の岩《いわ》を見《み》つけただけだった。

「こんど、またこよう。」

かずきは、ここが気《き》に入《い》ったみたいだ。ゆうたは、馬《うま》の岩《いわ》がすきになった。

――でもあの子《こ》……。

ゆうたは、ふと思《おも》った。

――あの子《こ》、いったいだれだったんだろう。

日曜日《にちようび》、かずきは家《いえ》にいなかった。少《すこ》しまよってから、ゆうたは一人《ひとり》でひみつきちに行《い》ってみることにした。

――あの子《こ》が、いるかもしれない。

なんとなく、そう思《おも》ったのだ。林《はやし》の中《なか》に入《はい》るときは、前《まえ》よりきんちょうした。

――かずきだったら、きっと一人《ひとり》でもへいきなんだ。

野原《のはら》の入《い》り口《ぐち》に立《た》って、ゆうたは、岩《いわ》のほうを見《み》た。

――だれかいる。

いってみると、この前《まえ》の子《こ》だった。岩《いわ》の上《うえ》で、横《よこ》むきにすわって、足《あし》をぶらぶらさせている。

「ここ、気《き》に入《い》ったのね？」

ゆうたは、返事《へんじ》にこまった。

「乗《の》らないの？」

そういいながら、女《おんな》の子《こ》は、岩《いわ》の上《うえ》でむきをかえた。せなかをぴんとのばして、まるで本当《ほんとう》に馬《うま》に乗《の》っている人《ひと》みたいだ。

「しゅっぽっするよ。」

「えっ？」

「乗《の》れないの？」

ゆうたは、あわてて となりの岩《いわ》にとびのった。かっこよく乗《の》れた、と思《おも》ったとき。

風《かぜ》がふいてきて、まわりの草《くさ》が、ザアッとゆれた。体《からだ》が、がくんと動《うご》いて、気《き》がついたら、いつのまにか黒《くろ》い馬《うま》に乗《の》っていた。

なにがなんだかわからないまま、ゆうたはつなをにぎって走《はし》りだした。女《おんな》の子《こ》の馬《うま》と、ぬいたりぬかれたりしながら、ゆうたは草《くさ》の上《うえ》をかけた。走《はし》っても走《はし》っても、野原《のはら》はつづいていた。

ダッダッダッ。

体《からだ》が、とうめいの風《かぜ》になったようだ。

——すごいぞ。

大声《おおごえ》でわらいたい気分《きぶん》だった。

前《まえ》を走《はし》っていた女《おんな》の子《こ》を一気《いっき》にぬこうと思《おも》ったとき、ゆうたは、はっとした。風《かぜ》に乗《の》って、なにか白《しろ》いものがとんでくる。

——雪《ゆき》？ ちがう、花《はな》びらだ。

ゆうたは、目《め》を大《おお》きく開《あ》けた。女《おんな》の子《こ》のかみの毛《け》が、ひらひらゆれて、その先《さき》から、花《はな》びらが雪《ゆき》のようにふってくるのだ。

まわりが、ぼうっと白《しろ》くなってきた。

女《おんな》の子《こ》のすがたは、だんだん小《ちい》さくなっていく。

「おうい。」

と、ゆうたはよんだ。遠《とお》くから、かすかな声《こえ》がもどってきた。

「またね。また会《あ》おうね。」
花《はな》びらがまぶしくて、ゆうたは思《おも》わず目《め》をとじた。
まわりがしずかになった気《き》がして、目《め》を開《あ》けたら、そこは岩《いわ》の上《うえ》だった。
女《おんな》の子《こ》のすがたは、どこにもない。
――ゆめだった？
ゆうたは、ぼんやりと前《まえ》を見《み》た。
ひざの上《うえ》では、白《しろ》い小《ちい》さな花《はな》びらが、ゆめのつづきみたいに光《ひか》っていた。

かずきが、ゆうたをさそいにきたのは、その一週間後《いっしゅうかんご》のことだ。

「今日《きょう》もたんけんだ。」

野原《のはら》につくと、かずきは、かってにずんずん歩《ある》いていった。

——さいしょに、あの子《こ》のいたほうだ。

ゆうたは、どきどきしながら、かずきのあとについていった。

野原《のはら》は、しんとしずかだ。

「あれ？」

とつぜん、かずきが立《た》ちどまった。

「さくらの木《き》だ。」

同時《どうじ》にゆうたも顔《かお》を上《あ》げた。目《め》の前《まえ》で、一本《いっぽん》の木《き》が、花《はな》をいっぱいにさかせている。

——さくら……。あの子《こ》がさいしょに立《た》っていたところだ。

そう思《おも》ったとたんに、風《かぜ》がザアッとふいてきて、花《はな》びらがいちどに空《そら》にまいあがった。そして、こんな声《こえ》が、ゆうたの耳《みみ》に聞《き》こえた気《き》がした。

――またね。また会《あ》おうね。

ゆうたは、はっとして、女《おんな》の子《こ》のすがたをさがした。けれどもそこには、春《はる》の光《ひかり》につつまれた木《き》が立《た》っているだけ。花《はな》びらは、しずかに二人《ふたり》の上《うえ》にふっていた。

ちいちゃんのかげおくり

［作《さく》］あまんきみこ　［絵《え》］武田《たけだ》美穂《みほ》

「かげおくり」って遊《あそ》びを、ちいちゃんに教《おし》えてくれたのは、お父《とう》さんでした。

＊出征《しゅっせい》するまえの日《ひ》、お父《とう》さんは、ちいちゃん、お兄《にい》ちゃん、お母《かあ》さんをつれて、先祖《せんぞ》のはかまいりにいきました。

その帰《かえ》り道《みち》、青《あお》い空《そら》を見《み》あげたお父《とう》さんがつぶやきました。

「かげおくりの、よくできそうな空《そら》だなあ。」

「えっ、かげおくり？」

と、お兄《にい》ちゃんがききかえしました。

「かげおくりって、なあに?」

と、ちいちゃんもたずねました。

「十《とお》、かぞえるあいだ、かげぼうしをじっと見《み》つめるのさ。十《とお》、といったら、空《そら》を見《み》あげる。すると、かげぼうしがそっくり空《そら》にうつって見《み》える。」

と、お父《とう》さんが説明《せつめい》しました。

「父《とう》さんや母《かあ》さんが子《こ》どものときに、よく遊《あそ》んだものさ。」

「ね。いま、みんなでやってみましょうよ。」

と、お母《かあ》さんが、横《よこ》からいいました。

ちいちゃんとお兄《にい》ちゃんをなかにして、四人《よにん》は手《て》をつなぎました。

そして、みんなで、かげぼうしに目《め》をおとしました。


*軍隊《ぐんたい》に入《はい》り、戦地《せんち》へ行《い》くこと。

「まばたきしちゃ、だめよ。」

と、お母《かあ》さんが注意《ちゅうい》しました。

「まばたきしないよ。」

ちいちゃんとお兄《にい》ちゃんが、やくそくしました。

「ひとーつ、ふたーつ、みーっつ。」

と、お父《とう》さんがかぞえだしました。

「よーっつ、いつーつ、むーっつ。」

と、お母《かあ》さんの声《こえ》も、かさなりました。

「なーつ、やーっつ、ここのーつ。」

ちいちゃんとお兄《にい》ちゃんも、いっしょにかぞえだしました。

「とお!」

目《め》のうごきといっしょに、白《しろ》い四《よっ》つのかげぼうしが、すうっと空《そら》にあがりました。

「すごーい。」

と、お兄《にい》ちゃんがいいました。

「すごーい。」

と、ちいちゃんもいいました。

「きょうの記念写真《きねんしゃしん》だなあ。」

と、お父《とう》さんがいいました。

「大《おお》きな記念写真《きねんしゃしん》だこと。」

と、お母《かあ》さんがいいました。

つぎの日《ひ》。

お父《とう》さんは、白《しろ》いたすきをかたからななめにかけ、日《ひ》の丸《まる》の旗《はた》におくられて、列車《れっしゃ》にのりました。

「からだの弱《よわ》いお父《とう》さんまで、いくさにいかなければ、ならないなんて。」

お母《かあ》さんが、ぽつんといったのが、ちいちゃんの耳《みみ》にはきこえました。

ちいちゃんとお兄《にい》ちゃんは、かげおくりをして遊《あそ》ぶようになりました。

ばんざいをした、かげおくり。

かた手《て》をあげた、かげおくり。

足《あし》をひらいた、かげおくり。

いろいろなかげを、空《そら》におくりました。

けれど、いくさがはげしくなって、かげおくりなど、できなくなりました。この町《まち》の空《そら》にも、*焼夷弾《しょういだん》や爆弾《ばくだん》をつんだ飛行機《ひこうき》がとんでくるようになりました。

そうです。広《ひろ》い空《そら》は、楽《たの》しいところではなく、とてもこわいところにかわりました。

夏《なつ》のはじめのある夜《よ》、空襲警報《くうしゅうけいほう》のサイレンで、ちいちゃんたちは、目《め》がさめました。

「さあ、いそいで。」

お母《かあ》さんの声《こえ》。

外《そと》にでると、もう、赤《あか》い火《ひ》が、あちこちにあがっていました。


*攻撃対象《こうげきたいしょう》をやきはらうために使《つか》う爆弾《ばくだん》。

お母《かあ》さんは、ちいちゃんとお兄《にい》ちゃんを、両手《りょうて》につないで走《はし》りました。

風《かぜ》の強《つよ》い日《ひ》でした。

「こっちに、火《ひ》がまわるぞ。」

「川《かわ》のほうに、にげるんだ。」

だれかが、さけんでいます。

風《かぜ》があつくなってきました。ほのおのうずが、おいかけてきます。

お母《かあ》さんは、ちいちゃんをだきあげて走《はし》りました。

「お兄《にい》ちゃん、はぐれちゃだめよ。」

お兄《にい》ちゃんが、転《ころ》びました。足《あし》から、血《ち》がでています。ひどいけがです。お母《かあ》さんは、お兄《にい》ちゃんをおんぶしました。

「さあ、ちいちゃん、母《かあ》さんと、しっかり走《はし》るのよ。」

けれど、たくさんの人《ひと》においぬかれたり、ぶつかったり……、ちいちゃんは、お母《かあ》さんとはぐれました。

「お母《かあ》ちゃん、お母《かあ》ちゃん。」

ちいちゃんはさけびました。

そのとき、知《し》らないおじさんが、いいました。

「お母《かあ》ちゃんは、あとからくるよ。」

そのおじさんは、ちいちゃんをだいて走《はし》ってくれました。

暗《くら》い橋《はし》の下《した》に、たくさんの人《ひと》が集《あつ》まっていました。

ちいちゃんの目《め》に、お母《かあ》さんらしい人《ひと》が見《み》えました。

「お母《かあ》ちゃん。」

と、ちいちゃんがさけぶと、おじさんは、

「みつかったかい。よかった、よかった。」

と、おろしてくれました。

でも、その人《ひと》は、お母《かあ》さんではありませんでした。

ちいちゃんは、ひとりぼっちになりました。

ちいちゃんは、たくさんの人《ひと》たちのなかでねむりました。

朝《あさ》になりました。

町《まち》のようすは、すっかりかわっています。あちこち、けむりがのこっています。どこがうちなのか……。

「ちいちゃんじゃないの？」

という声《こえ》。

ふりむくと、はすむかいのうちのおばさんが、立《た》っています。

「お母《かあ》ちゃんは？　お兄《にい》ちゃんは？」

と、おばさんがたずねました。

ちいちゃんは、なくのをやっとこらえて、いいました。

「おうちのとこ。」

「そう、おうちにもどっているのね。おばちゃん、いまから帰《かえ》るところよ。いっしょにいきましょうか。」

おばさんは、ちいちゃんの手《て》をつないでくれました。

ふたりは歩《ある》きだしました。

家《いえ》は、やけおちて、なくなっていました。

「ここが、お兄《にい》ちゃんとあたしの部屋《へや》。」

ちいちゃんがしゃがんでいると、おばさんがやってきて、いいました。

「お母《かあ》ちゃんたち、ここに帰《かえ》ってくるの？」

ちいちゃんは、深《ふか》くうなずきました。

「じゃあ、だいじょうぶね。あのね、おばちゃんは、いまから、おばちゃんのお父《とう》さんのうちにいくからね。」

ちいちゃんは、また、深《ふか》くうなずきました。

その夜《よ》。

ちいちゃんは、[*1]ざつのうのなかにいれてある、[*2]ほしいいをすこしたべました。そして、こわれかかった暗《くら》い[*3]防空壕《ぼうくうごう》のなかでねむりました。

（お母《かあ》ちゃんと、お兄《にい》ちゃんは、きっと帰《かえ》ってくるよ。）

くもった朝《あさ》がきて、昼《ひる》がすぎ、また、暗《くら》い夜《よる》がきました。

ちいちゃんは、ざつのうのなかのほしいいを、またすこし、かじりました。そして、こわれかかった防空壕《ぼうくうごう》のなかでねむりました。

明《あか》るい光《ひかり》が顔《かお》にあたって、目《め》がさめました。

(まぶしいな。)

ちいちゃんは、あついような寒《さむ》いような気《き》がしました。ひどくのどがかわいています。

いつのまにか、太陽《たいよう》は、高《たか》くあがっていました。

そのとき、

「かげおくりの、よくできそうな空《そら》だなあ。」

＊1 いろいろなものをいれて、肩《かた》からかける布《ぬの》のかばん。
＊2 たいた米《こめ》をほしてかわかしたもの。
＊3 空襲《くうしゅう》のときに避難《ひなん》するため、地《ち》をほったあな。

という、お父《とう》さんの声《こえ》が、青《あお》い空《そら》からふってきました。

「ね。いま、みんなで、やってみましょうよ。」

という、お母《かあ》さんの声《こえ》も、青《あお》い空《そら》からふってきました。

ちいちゃんは、ふらふらする足《あし》をふみしめて立《た》ちあがると、たったひとつのかげぼうしを見《み》つめながら、かぞえだしました。

「ひとーつ、ふたーつ、みーっつ。」

いつのまにか、お父《とう》さんの低《ひく》い声《こえ》が、かさなって、きこえだしました。

「よーっつ、いつーつ、むーっつ。」

お母《かあ》さんの高《たか》い声《こえ》も、それにかさなって、きこえだしました。

「ななーつ、やーっつ、ここのーつ。」

お兄《にい》ちゃんの、わらいそうな声《こえ》も、かさなってきました。

「とお！」

ちいちゃんが空《そら》を見《み》あげると、青《あお》い空《そら》に、くっきりと白《しろ》いかげが四《よっ》つ。

「お父《とう》ちゃん。」

ちいちゃんはよびました。

「お母《かあ》ちゃん、お兄《にい》ちゃん。」

そのとき、からだが、すうっとすきとおって、空《そら》にすいこまれていくのがわかりました。

一面《いちめん》の空《そら》の色《いろ》。

ちいちゃんは、空色《そらいろ》の花畑《はなばたけ》のなかに立《た》っていました。

見《み》まわしても、見《み》まわしても、花畑《はなばたけ》。

（きっと、ここ、空《そら》の上《うえ》よ。）

と、ちいちゃんは思《おも》いました。

(ああ、あたし、おなかがすいて、かるくなったから、ういたのね。)

そのとき、むこうから、お父《とう》さんと、お母《かあ》さんと、お兄《にい》ちゃんが、わらいながら歩《ある》いてくるのが見《み》えました。

(なあんだ。みんな、こんなところにいたから、こなかったのね。)

ちいちゃんは、きらきら、わらいだしました。わらいながら、花畑《はなばたけ》のなかを走《はし》りだしました。

夏《なつ》のはじめのある朝《あさ》。

こうして、小《ちい》さな女《おんな》の子《こ》のいのちが、空《そら》にきえました。

それから、何十年《なんじゅうねん》。

町《まち》には、まえよりもいっぱい、家《いえ》がたっています。

ちいちゃんが、ひとりでかげおくりをしたところは、小《ちい》さな公《こう》園《えん》になっています。

青《あお》い空《そら》の下《した》。

きょうも、お兄《にい》ちゃんや、ちいちゃんぐらいの子《こ》どもたちが、きらきら、わらい声《ごえ》をあげて、遊《あそ》んでいます。

モチモチの木《き》

［作《さく》］斎藤隆介《さいとうりゅうすけ》
［絵《え》］佐々木一澄《ささきかずと》

まったく、豆太《まめた》ほどおくびょうなやつはない。

もう五《いつ》つにもなったんだから、よなかにひとりでセッチン*ぐらいにいけたっていい。

ところが豆太《まめた》は、セッチンはおもてにあるし、おもてには大《おお》きなモチモチの木《き》がつったっていて、

＊トイレのこと。

空《そら》いっぱいのかみの毛《け》をバサバサとふるって、両手《りょうて》を「ワァッ！」とあげるからって、夜中《よなか》には、じさまについてってもらわないと、ひとりじゃしょうべんもできないのだ。

じさまは、グッスリねむっている真夜中《まよなか》に、豆太《まめた》が「ジサマァ」って、どんなに小《ちい》さい声《こえ》でいっても、「しょんべんか」と、すぐ目《め》をさましてくれる。

いっしょにねている一《いち》まいしかないふとんを、ぬらされちまうよりいいからなァ。

それにとうげのりょうしごやに、自分《じぶん》とたったふたりでくらしている豆太《まめた》がかわいそうで、かわいかったからだろう。

けれど豆太《まめた》のおとゥだって、クマとくみうちして、頭《あたま》をブッさかれて死《し》んだほどのキモ助《すけ》だったし、じさまだって六十四《ろくじゅうよん》のいま、まだ青《あお》ジシをおっかけて、キモをひやすような岩《いわ》から岩《いわ》へのとびうつりだって、みごとにやってのける。

それなのに、どうして豆太《まめた》だけが、女《おな》ゴみたいにいろばっかりナマッ白《ちろ》くて、こんなにおくびょうなんだろうか――。

モチモチの木《き》ってのはな、豆太《まめた》がつけた名前《なまえ》だ。こやのすぐまえにたっているデッカイデッカイ木《き》だ。

秋《あき》になると、ちゃいろいピカピカひかった実《み》をいっぱいふりおとしてくれる。

その実《み》をじさまが木《き》ウスでついて、石《いし》ウスでひいて、こなにする。

こなにしたやつをもちにこねあげて、ふかして食《た》べると、ホッペタがおっこちるほどうまいんだ。

「ヤイ木《き》ィ、モチモチの木《き》ィ！　実《み》ィオトセェ！」なんて、ひるまは木《き》の下《した》にたって、かた足《あし》で足《あし》ぶみして、いばってサイソクしたりするくせに、夜《よる》になると豆太《まめた》は、もうダメなんだ。

木《き》がおこって、両手《りょうて》で、「オバケェ〜〜！」って、上《うえ》からおどかすんだ。

夜《よる》のモチモチの木《き》は、そっちをみただけで、もうションベンなんか出《で》なくなっちまう。

じさまが、しゃがんだヒザのなかに豆太《まめた》をかかえて、

「ああ、いい夜《よる》だ。星《ほし》に手《て》がとどきそうだ。おく山《やま》じゃア、シカやクマめらが、ハナぢょうちんだして、ねっこけてやがるべ、それ、シイーッ」

ってくれなきゃ、とっても出《で》やしない。しないでねると、あしたの朝《あさ》、とこのなかがコウ水《ずい》になっちまうもんだから、じさまはかならず、そうしてくれるんだ。五《いっ》つになって「シー」なんて、みっともないやなァ。でも豆太《まめた》は、そうしなくっちゃダメなんだ。

そのモチモチの木《き》に、今夜《こんや》はひがともるばんなんだそうだ。じさまがいった。

「シモ月二十日《つきはつか》[*1]のウシミツ[*2]にゃァ、モチモチの木《き》にひがともる。おきてて見《み》てみろ、そりゃァキレイだ。おらも、こどものころに見《み》たことがある。死《し》んだおまえのおとゥもみたそうだ。山《やま》の神《かみ》さまのおまつりなんだ、それは、ひとりのこどもしかみることはできねえ、それもゆうきのあるこどもだけだ」

＊1 旧暦《きゅうれき》で十一月《じゅういちがつ》のこと。　＊2 丑三《うしみ》つ時《どき》（午前二時《ごぜんにじ》ごろ）。

「……ソレジャアオラワ、トッテモダメダ……」

豆太《まめた》は、ちっちゃいこえで、なきそうにいった。

だって、じさまも、おとゥもみたんなら、じぶんもみたかったけど、こんな冬《ふゆ》の真夜中《まよなか》に、モチモチの木《き》を、それもたったひとりでみにでるなんて、トンデモネエはなしだ。ブルブルだ。木《き》の枝《えだ》えだのこまかいところにまで、みんなひがともって、木《き》があかるくボォーッとかがやいて、まるでそれは、ゆめみてえにキレイなんだそうだが、そして豆太《まめた》は、――ヒルマ、ダッタラ、ミテエナァ……と、ソッと思《おも》ったんだが、ブルブル、よるなんてかんがえただけでも、オシッコをもらしちまいそうだ……。

豆太《まめた》は、はじめっからあきらめて、ふとんにもぐりこむと、じさまのタバコくさいむねンなかにハナをおしつけて、よいのくち*

からねてしまった。

豆太《まめた》は真夜中《まよなか》に、ヒョッと目《め》をさました。

頭《あたま》の上《うえ》でクマのうなりごえがきこえたからだ。

「ジサマァッ〜〜！」

むちゅうでじさまにシガミつこうとしたが、じさまはいない。

「マ、豆太《まめた》、しんぺェすんな、じさまは、じさまは、ちょっと、はらがイテエだけだ」

まくらもとで、クマみたいにからだをまるめてうなっていたのは、じさまだった。

「ジサマッ！」

こわくて、びっくらして、豆太《まめた》はじさまにとびついた。けれどもじさまは、コロリとタタミにころげると、歯《は》をくいしばって、

＊日《ひ》がくれてまだまもない時《とき》。

ますますスゴクうなるだけだ。

——イシャサマオ、ヨバナクッチャ！

豆太《まめた》はこいぬみたいにからだをまるめて、おもて戸《ど》をからだでフッとばしてはしりだした。

ねまきのまんま。ハダシで。*半《はん》ミチもあるふもとの村《むら》まで……。

そとはすごい星《ほし》で、月《つき》もでていた。とうげのくだりのさかみちは、いちめんのまっ白《しろ》いしもで、雪《ゆき》みたいだった。

しもが足《あし》にかみついた。

足《あし》からは血《ち》がでた。

豆太《まめた》はなきなきはしった。

いたくて、さむくて、こわかったからなァ。

でも、だいすきなじさまの死《し》んじまうほうが、もっとこわかったから、なきなきふもとの医者《いしゃ》さまへはしった。

これもとしよりじさまの医者《いしゃ》さまは、豆太《まめた》からわけをきくと、

「オゥオゥ……」

といって、ねんねこバンテンにくすりばこと豆太《まめた》をおぶうと、まよ夜中《なか》のとうげみちを、エッチラ、オッチラ、じさまの小屋《こや》へのぼってきた。

とちゅうで、月《つき》がでてるのに雪《ゆき》がふりはじめた。この冬《ふゆ》はじめ

＊約《やく》二キロメートル。

ての雪《ゆき》だ。豆太《まめた》は、そいつをねんねこのなかからみた。そして医《い》者《しゃ》さまのこしを、足《あし》でドンドンけとばした。じさまが、なんだか、死《し》んじまいそうな気《き》がしたからな。

豆太《まめた》は小屋《こや》へ入《はい》るとき、もうひとつふしぎなものをみた。

「モチモチの木《き》にひがついている！」

けれど、医《い》者《しゃ》さまは、

「ア？　ほんとだ。まるでひがついたようだ。だどもあれは、トチの木《き》のうしろに、ちょうど月《つき》がでてきて、えだのあいだに星《ほし》がひかってるんだ。そこに雪《ゆき》が、ふってるから、あかりがついたようにみえるんだべ」

といって、こやのなかへ入《はい》ってしまった。

だから、豆太《まめた》は、そのあとは知《し》らない。医者《いしゃ》さまのてつだいをして、*カマドにマキをくべたり、湯《ゆ》をわかしたりなんだり、いそがしかったからな。

でも、つぎの朝《あさ》、はらイタがなおって、元気《げんき》になったじさまは、医者《いしゃ》さまの帰《かえ》ったあとで、こういった。

「おまえは、山《やま》の神《かみ》さまのまつりをみたんだ。モチモチの木《き》にはひがついたんだ。おまえはひとりで夜道《よみち》を医者《いしゃ》さまよびにいけるほどゆうきのあるこどもだったんだからな。じぶんでじぶんを弱《よわ》虫《むし》だなんて思《おも》うな。にんげん、やさしささえあれば、やらなきゃならねえことは、きっとやるもんだ。それをみてたにんがびっくらするわけよ。ハハハ」

＊なべ、かまなどをかけて煮《に》たきをするところ。

――それでも豆太《まめた》は、じさまが元気《げんき》になるとそのばんから、

「ジサマァ」

と、ションベンにじさまをおこしたとサ。

サーカスのライオン

［作《さく》］川村《かわむら》たかし　［絵《え》］斎藤博之《さいとうひろゆき》

町《まち》はずれの広場《ひろば》にサーカスがやってきた。

ライオンやトラもいれば、おばけやしきもある。

ひさしぶりのことなので、見物人《けんぶつにん》がぞくぞくとやってきた。

「はい、いらっしゃいいらっしゃい。

オーラオーラ、おかえりはこちらです。」

さむい風《かぜ》をはらんだテントがはたはたとなって、サーカス小屋《ごや》はまるで海《うみ》の上《うえ》をはしるほかけぶねのようだった。

ライオンのじんざは、としとっていた。

ときどき耳《みみ》をひくひくさせながら、テントのかげのはこの中《なか》で一日中《いちにちじゅう》ねむっていた。

ねむっているときはいつもアフリカのゆめをみた。

ゆめの中《なか》にお父《とう》さんやお母《かあ》さんや兄《にい》さんたちがあらわれた。

草原《そうげん》の中《なか》を、じんざは風《かぜ》のように走《はし》っていた。

じぶんの番《ばん》がくると、じんざはのそりと立《た》ちあがる。

はこはテントの中《なか》にもちこまれ、十五《じゅうご》まいのてつのこうし戸《ど》がくみあわされて、ライオンのぶたいができあがる。

ぶたいのまんなかでは、まるいわがめらめらともえていた。

「さあ、はじめるよ。」

ライオンつかいのおじさんが、チタンチタッとむちをならすと、じんざは火《ひ》のわをめがけてジャンプした。うまいものだ。

二本《にほん》でも三本《さんぼん》でももえるわの中《なか》をくぐりぬける。
おじさんがよそみしているのに、じんざは三《さん》かい四《よん》かいとくりかえしていた。
夜《よる》になった。
お客《きゃく》が帰《かえ》ってしまうと、サーカス小屋《ごや》はしんとした。

ときおり、風《かぜ》がふくような音《おと》をたててトラがほえた。

「たいくつかね。ねてばかりいるから、いつのまにかおまえの目《め》も白《しろ》くにごってしまったよ。きょうのジャンプなんて、元気《げんき》がなかったぞ。」

おじさんがのぞきにきていった。じんざがこたえた。

「そうともさ。まい日《にち》、同《おな》じことばかりやっているうちに、わしはおいぼれたよ。」

「だろうなあ。ちょっとかわってやるから、さんぽでもしておいでよ。」

そこでライオンは人間《にんげん》の服《ふく》をきた。わからないようにマスクもかけた。くつをはき、てぶくろもはめた。

ライオンのじんざは、うきうきして外《そと》へでた。
「外《そと》はいいなあ。
星《ほし》がちくちくゆれて、北風《きたかぜ》にふきとびそうだなあ。」
ひとりごとをいっていると、
「おじさん、サーカスのおじさん。」
と、声《こえ》がした。
男《おとこ》の子《こ》がひとりたっていた。
「もうライオンはねむったかしら。
ぼく、ちょっとだけそばへいきたいんだけどなあ。」

じんざはおどろいて、もぐもぐたずねた。

「ライオンがすきなのかね。」

「うん、だいすき。それなのに、ぼくたちひるまサーカスをみたときは、なんだかしょげていたの。

だからおみまいにきたんだよ。」

じんざは、ぐぐっとむねのあたりがあつくなった。

「ぼく、サーカスがすき。おこづかいためて、またくるんだ。」

「そうかい、そうかい、きておくれ。

ライオンもきっとよろこぶよ。

でも、今夜《こんや》はおそいから、もうおかえり。」

じんざは男《おとこ》の子《こ》の手《て》をひいて、家《いえ》まで送《おく》っていくことにした。

男《おとこ》の子《こ》のお父《とう》さんは、夜《よる》のつとめがあってるす。

お母《かあ》さんが入院《にゅういん》しているので、つきそいのために、お姉《ねえ》さんも夕方《ゆうがた》からでかけていった。

「ぼくはるすばんだけど、もうなれちゃった。それよりサーカスの話《はなし》をして。」

「いいとも。ピエロはこんなふうにして――」

じんざが、ひょこひょことおどけて歩《ある》いているときだった。暗《くら》いみぞの中《なか》に、ゲクッと足《あし》をつっこんだ。

「あいたた。ピエロも暗《くら》いところはらくじゃない。」

じんざはくじいた足《あし》にタオルをまきつけた。

すると、男《おとこ》の子《こ》は首《くび》をかしげた。

「おじさんの顔《かお》、なんだか毛《け》がはえてるみたい。」

「う、ううん。なあに、さむいので毛皮《けがわ》をかぶっているのじゃよ。」

じんざはあわてて向こうをむいて、ぼうしをかぶりなおした。

男の子《おとこ》のアパートは、道《みち》のそばの石《いし》がきの上《うえ》にたっていた。

じんざが見《み》あげていると、部屋《へや》にひがともった。

高《たか》いまどから顔《かお》をだして、

「サーカスのおじさん、おやすみなさい。あしたライオンみにいってもいい？」

「いいとも。うらからくればみつからないよ。」

じんざが下《した》から手《て》をふった。

つぎの日《ひ》、ライオンのおりのまえに、ゆうべの男の子《おとこ》《こ》がやってきた。

じんざは、タオルをまいた足《あし》をそっとかくした。

まだ、足首《あしくび》はずきんずきんといたかった。

夜《よる》のさんぽも、しばらくはできそうもない。

男《おとこ》の子《こ》はチョコレートのかけらをさしだした。

「さあ、お食《た》べよ。ぼくと、はんぶんこだよ。」

じんざはチョコレートはすきではなかった。

けれども、目《め》をほそくしてうけとった。

じんざはうれしかったのだ。

それから男《おとこ》の子《こ》は、毎日《まいにち》やってきた。

じんざはもうねむらないでまっていた。

やってくるたびに、男《おとこ》の子《こ》はチョコレートをもってきた。そして、お母《かあ》さんのことを話《はな》してきかせた。じんざはのりだして、うなずいてきいていた。

いよいよサーカスがあしたでおわるという日《ひ》、男《おとこ》の子《こ》は息《いき》をは

ずませてとんできた。

「お母《かあ》さんがね、もうじきたいいんするんだよ。それに、おこづかいもたまったんだ。あしたサーカスにくるよ。火《ひ》のわをくぐるのをみにくるよ。」

男《おとこ》の子《こ》が帰《かえ》っていくと、じんざのからだに力《ちから》がこもった。目《め》がぴかっと光《ひか》った。

――ようし、あしたわしはわかいときのように、火《ひ》のわを五《いっ》つにしてくぐりぬけてやろう。

その夜《よ》ふけ――

だしぬけにサイレンがなりだした。

「火事《かじ》だ。」

と、どなる声《こえ》がした。

うとうとしていたじんざは、はねおきた。

風《かぜ》にひるがえるテントのすきまから外《そと》をみると、男《おとこ》の子《こ》のアパートのあたりが、ぼうっと赤《あか》い。

ライオンのからだが、ぐーんと大《おお》きくなった。

じんざはふるくなったおりをぶちこわして、まっしぐらに外《そと》へ走《はし》りでた。

足《あし》のいたいのもわすれて、むかし、アフリカの草原《そうげん》を走《はし》ったときのように、じんざはひとかたまりの風《かぜ》になってすっとんでいく。

思《おも》ったとおり、石《いし》がきの上《うえ》のアパートがもえていた。

まだしょうぼう車《しゃ》がきていなくて、人《ひと》びとがわいわいいいながら、にもつをはこびだしている。

「中《なか》に子《こ》どもがいるぞ。助《たす》けろ。」

と、だれかがどなった。

「だめだ。中《なか》へはもう入《はい》れやしない。」

それをきいたライオンのじんざは、ぱっと火《ひ》の中《なか》へとびこんだ。

「だれだ、あぶない。ひきかえせ。」

うしろで声《こえ》がしたが、じんざはひとりでつぶやいた。

「なあに。わしは火《ひ》にはなれていますのじゃ。」

けれども、ごうごうとふきあげるほのおは、かいだんをはいのぼり、けむりはどの部屋《へや》からもうずまいてふきでていた。

じんざは足《あし》をひきずりながら、男《おとこ》の子《こ》の部屋《へや》までたどりついた。

部屋《へや》の中《なか》で、男《おとこ》の子《こ》は気《き》をうしなってたおれていた。

じんざはすばやくだきかかえて、外《そと》へでようとした。けれども、おもてはもうほのおがぬうっとたちふさがってしまった。石《いし》がきの上《うえ》のまどから首《くび》をだしたじんざは、思《おも》わずみぶるいした。高《たか》いので、さすがのライオンもとびおりることはできない。

じんざは力《ちから》のかぎりほえた。

ウォーツ

その声《こえ》で気《き》がついたしょうぼう車《しゃ》が下《した》にやってきて、はしごをかけた。

のぼってきた男《おとこ》の人《ひと》にやっとのことで子《こ》どもをわたすと、じんざは両手《りょうて》で目《め》をおさえた。

けむりのために、もうなんにもみえない。

見《み》あげる人《ひと》たちが、声《こえ》をかぎりによんだ。

「早《はや》くとびおりるんだ。」

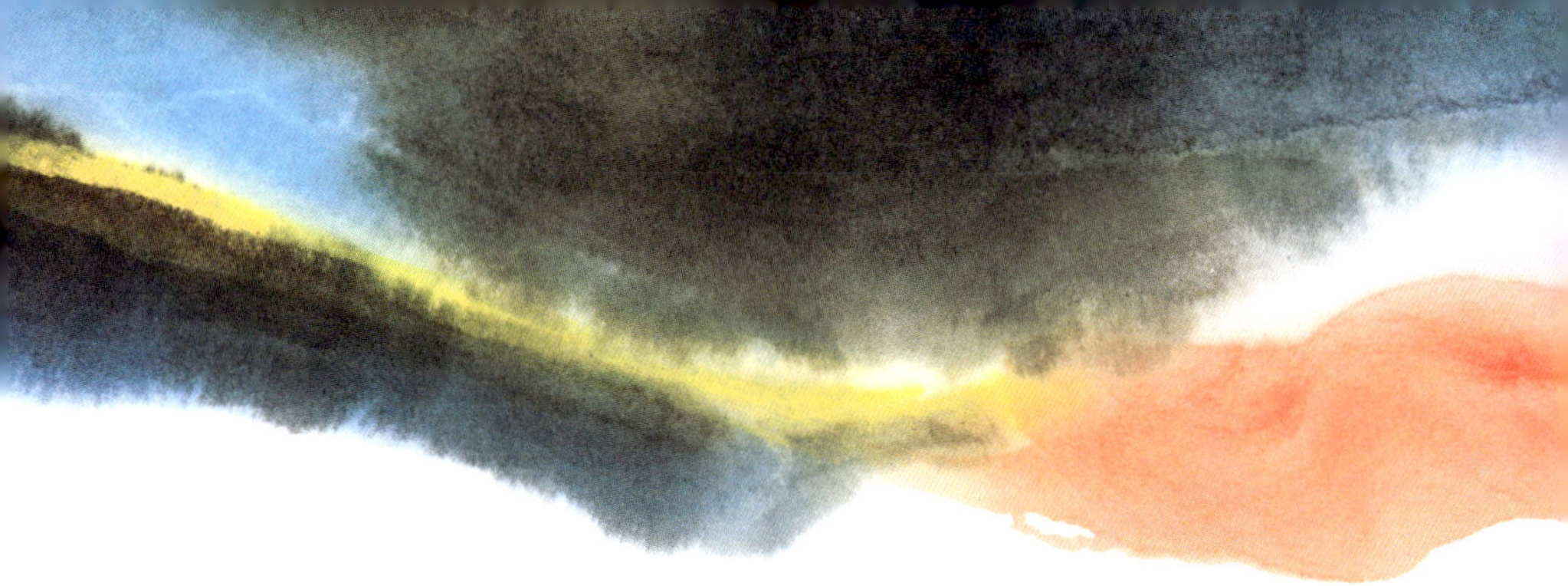

だが、風《かぜ》にのったほのおはまっ赤《か》にアパートをつつみこんで、火《ひ》のこをふきあげていた。

ライオンのすがたはどこにもなかった。

やがて、人《ひと》びとの前《まえ》に、ひとかたまりのほのおがまいあがった。そして、ほのおはみるみるライオンのかたちになって、空高《そらたか》くかけあがった。

ぴかぴかにかがやくじんざだった。

もうさっきまでの、すすけた色《いろ》ではなかった。

金色《きんいろ》に光《ひか》るライオンは、空《そら》を走《はし》り、たちまち暗《くら》やみの中《なか》にきえさった。

つぎの日《ひ》はサーカスのおしまいの日《ひ》だった。
けれども、ライオンのきょくげいはさびしかった。
おじさんは、ひとりでチタッとむちをならした。
五《いつ》つの火《ひ》のわはめらめらともえていた。
だが、くぐりぬけるライオンのすがたはなかった。
それでも、お客《きゃく》はいっしょうけんめいに手《て》をたたいた。
ライオンのじんざが、どうして帰《かえ》ってこなかったかを、みんなが知《し》っていたので。

セロひきのゴーシュ

［作《さく》］宮沢賢治《みやざわけんじ》　［絵《え》］fancomi《ふぁんこみ》

ゴーシュは町《まち》の活動写真館《かつどうしゃしんかん》でセロをひく係《かか》りでした。けれどもあんまりじょうずでないというひょうばんでした。じょうずでないどころではなくじつはなかまの楽手《がくしゅ》のなかではいちばんへたでしたから、いつでも楽長《がくちょう》にいじめられるのでした。

ひるすぎみんなは楽屋《がくや》にまるくならんでこんどの町《まち》の音楽会《おんがくかい》へだす第六交響曲《だいろくこうきょうきょく》の練習《れんしゅう》をしていました。

トランペットは一生《いっしょう》けん命歌《めいうた》っています。

バイオリンも二《ふた》いろ風《かぜ》のように鳴《な》っています。

クラリネットもボーボーとそれに手《て》つだっています。ゴーシュも口《くち》をりんとむすんで目《め》を皿《さら》のようにして楽譜《がくふ》を見《み》つめながらもう一心《いっしん》にひいています。

にわかにぱたっと楽長《がくちょう》が両手《りょうて》を鳴《な》らしました。みんなぴたりと曲《きょく》をやめてしんとしました。楽長《がくちょう》がどなりました。

「セロがおくれた。トォテテ、テテテイ、ここからやりなおし。はいっ。」

みんなは今《いま》のところの少《すこ》し前《まえ》のところからやりなおしました。ゴーシュは顔《かお》をまっかにしてひたいに汗《あせ》をだしながらやっといまいわれたところを通《とお》りました。ほっと安心《あんしん》しながら、つづけてひいていますと楽長《がくちょう》がまた手《て》をぱっとうちました。

「セロっ。糸《いと》があわない。こまるなあ。ぼくはきみにドレミファを教《おし》えてまでいるひまはないんだがなあ。」

みんなは気《き》の毒《どく》そうにしてわざとじぶんの譜《ふ》をのぞきこんだりじぶんの楽器《がっき》をはじいてみたりしています。ゴーシュはあわてて糸《いと》をなおしました。これはじつはゴーシュも悪《わる》いのですがセロもずいぶん悪《わる》いのでした。

「今《いま》の前《まえ》の小節《しょうせつ》から。はいっ。」

みんなはまたはじめました。ゴーシュも口《くち》をまげて一生《いっしょう》けん命《めい》です。そしてこんどはかなり進《すす》みました。いいあんばいだと思《おも》っていると楽長《がくちょう》がおどすような形《かたち》をしてまたぱたっと手《て》をうちました。またかとゴーシュはどきっとしましたがありがたいことにはこんどは別《べつ》の人《ひと》でした。ゴーシュはそこでさっき自分《じぶん》のときみんながしたようにわざとじぶんの譜《ふ》へ目《め》を近《ちか》づけてなにか考《かんが》えるふりをしていました。

「ではすぐ今《いま》の次《つぎ》。はいっ。」

そらと思《おも》ってひきだしたかと思《おも》うといきなり楽長《がくちょう》が足《あし》をどんどんとふんでどなりだしました。

「だめだ。まるでなっていない。このへんは曲《きょく》の心臓《しんぞう》なんだ。それがこんながさがさしたことで。しょくん。演奏《えんそう》までもうあと十《とお》日《か》しかないんだよ。音楽《おんがく》を専門《せんもん》にやっているぼくらがあの金《かな》ぐつ鍛冶《かじ》だのさとう屋《や》のでっちなんかのより集《あつ》まりに負《ま》けてしまったらいったいわれわれの面目《めんもく》はどうなるんだ。おいゴーシュくん。きみにはこまるんだがなあ。表情《ひょうじょう》ということがまるでできてない。おこるもよろこぶも感情《かんじょう》というものがさっぱりでないんだ。それにどうしてもぴたっと外《ほか》の楽器《がっき》とあわないもなあ。いつでもきみだけとけたくつのひもを引《ひ》きずってみんなのあとをついてあるくようなんだ、こまるよ、しっかりしてくれないとねえ。光輝《こうき》あるわが金星音楽団《きんせいおんがくだん》がきみ一人《ひとり》のために悪評《あくひょう》をとるようなことでは、みんなへもまったく気《き》のどくだからな。ではきょうは練習《れんしゅう》はここまで、休《やす》んで六時《ろくじ》にはかっきりボックスへはいってくれたまえ。」

みんなはおじぎをして、それからたばこをくわえてマッチをすったりどこかへでていったりしました。

ゴーシュはそのそまつな箱《はこ》みたいなセロをかかえてかべのほうへむいて口《くち》をまげてぼろぼろなみだをこぼしましたが、気《き》をとりなおして自分《じぶん》だけたったー人《ひとり》いまやったところをはじめからしずかにもいちどひきはじめました。

そのばんおそくゴーシュはなにか大《おお》きな黒《くろ》いものをしょってじぶんの家《いえ》へ帰《かえ》ってきました。家《いえ》といってもそれは町《まち》はずれの川《かわ》ばたにあるこわれた水車小屋《すいしゃごや》で、ゴーシュはそこにたった一人《ひとり》ですんでいて午前《ごぜん》は小屋《こや》のまわりの小《ちい》さな畑《はたけ》でトマトのえだをきったりキャベジの虫《むし》をひろったりして昼《ひる》すぎになるといつもでていっていたのです。ゴーシュがうちへ入《はい》ってあかりをつけるとさっきの黒《くろ》いつつみをあけました。それはなんでもない。あの夕方《ゆうがた》のごつごつしたセロでした。ゴーシュはそれをゆかの上《うえ》にそっとおくと、いきなりたなからコップをとってバケツの水《みず》をごくごくのみました。

それから頭《あたま》を一《ひと》つふっていすへかけるとまるでとらみたいないきおいで昼《ひる》の譜《ふ》をひきはじめました。

譜《ふ》をめくりながらひいては考《かんが》え考《かんが》えてはひき一生《いっしょう》けん命《めい》しまいまでいくとまたはじめからなんべんもなんべんもごうごうごうごうひきつづけました。

夜中《よなか》もとうにすぎてしまいはもう自分《じぶん》がひいているのかもわからないようになって顔《かお》もまっ赤《か》になり目《め》もまるで血走《ちばし》ってとても物《もの》すごい顔《かお》つきになりいまにもたおれるかと思《おも》うように見《み》えました。

そのときだれかうしろの扉《と》をとんとんとたたくものがありました。

「ホーシュくんか。」

ゴーシュはねぼけたようにさけびました。ところがすうと扉《と》をおしてはいってきたのはいままで五《ご》－六《ろっ》ぺん見《み》たことのある大《おお》きな三毛《みけ》ねこでした。

ゴーシュの畑《はたけ》からとった半分《はんぶん》じゅくしたトマトをさも重《おも》そうにもってきてゴーシュの前《まえ》におろしていいました。

「ああくたびれた。なかなか運搬《うんぱん》はひどいやな。」

「なんだと。」

ゴーシュがききました。

「これおみやげです。食《た》べてください。」

三毛《みけ》ねこがいいました。

ゴーシュは昼《ひる》からのむしゃくしゃを一《いっ》ぺんにどなりつけました。

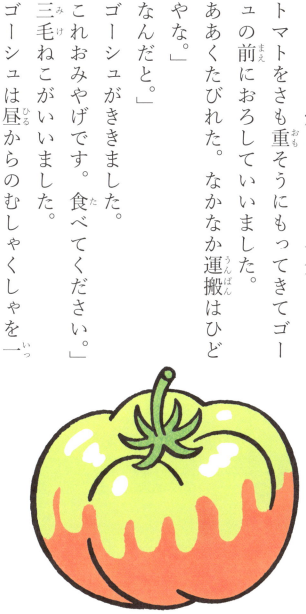

「だれがきさまにトマトなどもってこいといった。第一《だいいち》おれがきさまらのもってきたものなど食《く》うか。それからそのトマトだっておれの畑《はたけ》のやつだ。なんだ。赤《あか》くもならないやつをむしって。いままでもトマトのくきをかじったりけちらしたりしたのはおまえだろう。いってしまえ。ねこめ。」

するとねこはかたをまるくして目《め》をすぼめてはいましたが口《くち》のあたりでにやにやわらっていいました。

「先生《せんせい》、そうおこりになっちゃ、おからだにさわります。それよりシューマンのトロメライをひいてごらんなさい。きいてあげますから。」

「なまいきなことをいうな。ねこのくせに。」

セロひきはしゃくにさわってこのねこのやつどうしてくれよう

としばらく考《かんが》えました。

「いやごえんりょはありません。どうぞ。わたしはどうも先生《せんせい》の音楽《おんがく》をきかないとねむれないんです。」

「なまいきだ。なまいきだ。なまいきだ。」

ゴーシュはすっかりまっ赤《か》になって、ひるま楽長《がくちょう》のしたように足《あし》ぶみしてどなりましたが、にわかに気《き》を変《か》えていいました。

「ではひくよ。」

ゴーシュはなんと思《おも》ったか扉《と》にかぎをかってまどもみんなしめてしまい、それからセロをとりだしてあかしを消《け》しました。すると外《そと》から二十日《はつか》すぎの月《つき》のひかりがへやのなかへ半分《はんぶん》ほど入《はい》ってきました。

「なにをひけと。」

「トロメライ、ロマチックシューマン作曲《さっきょく》。」

ねこは口《くち》をふいてすましていいました。

「そうか。トロメライというのはこういうのか。」

セロひきはなんと思《おも》ったかまずはんけちを引《ひ》きさいてじぶんの耳《みみ》のあなへぎっしりつめました。それからまるであらしのようないきおいで「インドのとらがり」という譜《ふ》をひきはじめました。

するとねこはしばらく首《くび》をまげてきいていましたがいきなりパチパチパチッと目《め》をしたかと思《おも》うとぱっと扉《と》のほうへとびのきました。そしていきなりどんと扉《と》へからだをぶっつけましたが扉《と》はあきませんでした。ねこはさあこれはもう一生一代《いっしょういちだい》の失敗《しっぱい》をしたというふうにあわてだして目《め》やひたいからぱちぱち火花《ひばな》をだしました。するとこんどは口《くち》のひげからも鼻《はな》からもでましたからねこはくすぐったがってしばらくくしゃみをするような顔《かお》をしてそれからまたさあこうしてはいられないぞというようにはせあるきだしました。ゴーシュはすっかりおもしろくなってますますいきおいよくやりだしました。

「先生《せんせい》もうたくさんです。たくさんですよ。ごしょうですからやめてください。これからもう先生《せんせい》のタクトなんかとりませんから。」

「だまれ。これからとらをつかま

えるところだ。」

ねこはくるしがってはねあがってまわったりかべにからだをくっつけたりしましたがかべについたあとはしばらく青《あお》くひかるのでした。しまいはねこはまるで風車《かざぐるま》のようにぐるぐるぐるぐるゴーシュをまわりました。

ゴーシュもすこしぐるぐるしてきましたので、

「さあこれでゆるしてやるぞ。」

といいながらようようやめました。

するとねこもけろりとして、

「先生《せんせい》、こんやのえんそうはどうかしてますね。」

といいました。

セロひきはまたぐっとしゃくにさわりましたがなにげないふう

できたばこを一本《いっぽん》だして口《くら》にくわえそれからマッチを一本《いっぽん》とって、

「どうだい。ぐあいをわるくしないかい。したをだしてごらん。」

ねこはばかにしたようにとがった長《なが》いしたをベロリとだしました。

「ははあ、少《すこ》しあれたね。」

セロひきはいいながらいきなりマッチを舌《した》でシュッとすってじぶんのたばこへつけました。さあねこはおどろいたのなんのしたを風車《かざぐるま》のようにふりまわしながら入口《いりぐち》の扉《と》へいって頭《あたま》でどんとぶっつかってはよろよろとしてまたもどってきてどんとぶっつかってはよろよろまたもどってきてまたぶっつかってはよろよろにげみちをこさえようとしました。

ゴーシュはしばらくおもしろそうに見《み》ていましたが、

「だしてやるよ。もうくるなよ。ばか。」

セロひきは扉《と》をあけてねこが風《かぜ》のようにかやのなかを走《はし》っていくのを見《み》てちょっとわらいました。それから、やっとせいせいしたというようにぐっすりねむりました。

次《つぎ》の晩《ばん》もゴーシュがまた黒《くろ》いセロのつつみをかついで帰《かえ》ってきました。そして水《みず》をごくごくのむとゆうべのとおりぐんぐんセロをひきはじめました。十二時《じゅうにじ》は間《ま》もなくすぎ一時《いちじ》もすぎ二時《にじ》もすぎてもゴーシュはまだやめませんでした。それからもう何時《なんじ》だかもわからずひいているかもわからずごうごうやっていますとだれか屋根《やね》うらをこっこっとたたくものがあります。

「ねこ、まだこりないのか。」

ゴーシュがさけびますといきなり天《てん》じょうのあなからぼろんと音《おと》がして一《いっ》ぴきの灰《はい》いろの鳥《とり》がおりてきました。床《ゆか》へとまったのを見《み》るとそれはかっこうでした。

「鳥《とり》までくるなんて。なんの用《よう》だ。」

ゴーシュがいいました。

「音楽《おんがく》をおそわりたいのです。」

かっこう鳥《どり》はすましていいました。

ゴーシュはわらって、

「音楽《おんがく》だと。おまえの歌《うた》はかっこう、かっこうというだけじゃあないか。」

するとかっこうがたいへんまじめに、

「ええ、それなんです。けれどもむずかしいですからねえ。」

といいました。

「むずかしいもんか。おまえたちのはたくさんなくのがひどいだけで、なきようはなんでもないじゃないか。」

「ところがそれがひどいんです。たとえば、かっこうとこうなくのと、かっこうとこうなくのではきいていてもよほどちがうでしょう。」

「ちがわないね。」

「ではあなたにはわからないんです。わたしらのなかまならかっこうと一万《いちまん》いえば一万《いちまん》みんなちがうんです。」

「勝手《かって》だよ。そんなにわかっているならなにもおれのところへこなくてもいいではないか。」

「ところがわたしはドレミファをせいかくにやりたいんです。」

「ドレミファもくそもあるか。」

「ええ、外国《がいこく》へいく前《まえ》にぜひ一度《いちど》いるんです。」

「外国《がいこく》もくそもあるか。」

「先生《せんせい》どうかドレミファを教《おし》えてください。わたしはついてうたいますから。」

「うるさいなあ。そら三《さん》べんだけひいてやるからすんだらさっさと帰《かえ》るんだぞ。」

ゴーシュはセロをとりあげてボロンボロンと糸《いと》をあわせてドレミファソラシドとひきました。するとかっこうはあわてて羽《はね》をばたばたしました。

「ちがいます、ちがいます。そんなんでないんです。」

「うるさいなあ。ではおまえやってごらん。」

「こうですよ。」

かっこうはからだをまえに曲《ま》げてしばらくかまえてから、

「かっこう。」

と一《ひと》つなきました。

「なんだい。それがドレミファかい。おまえたちには、それでは
ドレミファも第六交響楽《だいろくこうきょうがく》も同《おな》じなんだな。」

「それはちがいます。」

「どうちがうんだ。」

「むずかしいのはこれをたくさんつづけたのがあるんです。」

「つまりこうだろう。」

セロひきはまたセロをとって、かっこうかっこうかっこうかっ

こうかっこうとつづけてひきました。

するとかっこうはたいへんよろこんでとちゅうからかっこうかっこうかっこうかっこうとついてさけびました。それももう一生《いっしょう》けん命《めい》からだをまげていつまでもさけぶのです。

ゴーシュはとうとう手《て》がいたくなって、

「こら、いいかげんにしないか。」といいながらやめました。

するとかっこうはざんねんそうに目《め》をつりあげてまだしばらくないていましたがやっと、

「……かっこうかくうかっかっかっかっか」

といってやめました。

ゴーシュがすっかりおこってしまって、

「こらとり、もう用《よう》がすんだら帰《かえ》れ」といいました。

「どうかもういっぺんひいてください。あなたのはいいようだけどもすこしちがうんです。」

「なんだと、おれがきさまにおそわってるんではないんだぞ。帰《かえ》らんか。」

「どうかたったもう一《いっ》ぺんおねがいです。どうか。」かっこうは頭《あたま》をなんべんもこんこんさげました。

「ではこれっきりだよ。」ゴーシュは弓《ゆみ》をかまえました。かっこうは、

「くっ。」

とひとつ息《いき》をして、

「ではなるべくながくおねがいいたします。」

といってまた一《ひと》つおじぎをしました。

「いやになっちまうなあ。」

ゴーシュはにがわらいしながらひきはじめました。するとかっこうはまたまるで本気《ほんき》になって、

「かっこうかっこうかっこう。」

とからだをまげてじつに一生《いっしょう》けん命《めい》さけびました。

ゴーシュははじめはむしゃくしゃしていましたがいつまでもつづけてひいているうちにふっとなんだかこれは鳥《とり》のほうがほんとうのドレミファにはまっているかなという気《き》がしてきました。どうもひけばひくほどかっこうのほうがいいような気《き》がするのでした。

「えいこんなばかなことしていたらおれは鳥《とり》になってしまうんじゃないか。」

とゴーシュはいきなりぴたりとセロをやめました。

するとかっこうはどしんと頭《あたま》をたたかれたようにふらふらっとしてそれからまたさっきのように、

「かっこうかっこうかっこうかっかっかっかっかっ。」

といってやめました。それからうらめしそうにゴーシュを見《み》て、

「なぜやめたんですか。ぼくらならどんないくじないやつでものどから血《ち》がでるまではさけぶんですよ。」

といいました。

「なにをなまいきな。こんなばかなまねをいつまでしていられるか。もうでていけ。見《み》ろ。夜があけるじゃないか。」

ゴーシュはまどを指《ゆび》さしました。

東《ひがし》の空《そら》がぼうっと銀色《ぎんいろ》になってそこをまっ黒《くろ》な雲《くも》が北《きた》のほうへ

どんどん走《はし》っています。

「ではお日《ひ》さまのでるまでどうぞ。もう一《いっ》ぺん。ちょっとですから。」

かっこうはまた頭《あたま》をさげました。

「だまれっ、いい気《き》になって。このばか鳥《どり》め。でていかんとむしって朝《あさ》めしに食《く》ってしまうぞ。」

ゴーシュはどんとゆかをふみました。

するとかっこうはにわかにびっくりしたようにいきなりまどをめがけてとびたちました。そしてガラスにはげしく頭《あたま》をぶっつけてばたっと下《した》へ落《お》ちました。

「なんだ、ガラスへ、ばかだなあ。」

ゴーシュはあわてて立《た》ってまどをあけようとしましたががんら

いこのまどはそんなにいつでもするするあくまどではありませんでした。ゴーシュがまどのわくをしきりにがたがたしているうちにまたかっこうがばっとぶっつかって下《した》へ落《お》ちました。見《み》るとくちばしのつけねからすこし血《ち》がでています。

「いまあけてやるからまっていろったら。」

ゴーシュがやっと二*寸《に*すん》ばかりまどをあけたとき、かっこうは起《お》きあがってなにがなんでもこんどこそというようにじっとまどの向《む》こうの東《ひがし》の空《そら》をみつめて、あらんかぎりの力《ちから》をこめたふうでぱっととびたちました。もちろんこんどは前《まえ》よりひどくガラスにつきあたってかっこうは下《した》へ落《お》ちたまましばらく身動《みうご》きもしませんでした。つかまえてドアからとばしてやろうとゴーシュが手《て》をだしましたらいきなりかっこうは目《め》をひらいてとびのきました。そしてまたガラスへとびつきそうにするのです。ゴーシュは思《おも》わず足《あし》をあげてまどをばっとけりました。ガラスは二《に》－三《さん》まいものすごい音《おと》してくだけまどはわくのまま外《そと》へ落《お》ちました。そのがらんとなったまどのあとをかっこうが矢《や》のように外《そと》へとびだしました。そしてもうどこまでもどこまでもまっすぐにとんでいってとうとう見《み》えなくなってしまいました。ゴーシュはしばらくあきれたように外《そと》を見《み》ていましたが、そのままたおれるように部屋《へや》のすみへころがってねむってしまいました。

次《つぎ》のばんもゴーシュは夜中《よなか》すぎまでセロをひいてつかれて水《みず》を一《いっ》ぱいのんでいますと、また扉《と》をこつこつたたくものがあります。

今夜《こんや》はなにがきてもゆうべのかっこうのようにはじめからおどかして追《お》いはらってやろうと思《おも》ってコップをもったまままちかま

＊一寸《いっすん》は約三《やくさん》センチメートル。

えておりますと、扉《と》が少《すこ》しあいて一《いっ》ぴきのたぬきのこがはいってきました。ゴーシュはそこでその扉《と》をもう少《すこ》し広《ひろ》くひらいておいてどんと足《あし》をふんで、

「こら、たぬき、おまえはたぬきじるということを知《し》っているかっ。」

とどなりました。するとたぬきのこはぼんやりした顔《かお》をしてきちんとゆかへすわったままどうもわからないというように首《くび》をまげて考《かんが》えていましたが、しばらくたって、

「たぬきじるってぼく知《し》らない。」

といいました。ゴーシュはその顔《かお》を見《み》て思《おも》わずふきだそうとしましたが、まだむりにこわい顔《かお》をして、

「では教《おし》えてやろう。たぬきじるというのはな。おまえのようなたぬきをな、キャベジや塩《しお》とまぜてくたくたとにておれさまの食《く》うようにしたものだ。」

といいました。するとたぬきのこはまたふしぎそうに、

「だってぼくのお父《とう》さんがね、ゴーシュさんはとてもいい人《ひと》でこわくないからいって習《なら》えといったよ。」

といいました。そこでゴーシュもとうとうわらいだしてしまいました。

「なにを習《なら》えといったんだ。おれはいそがしいんじゃないか。それにねむいんだよ。」

たぬきのこはにわかにいきおいがついたように一足前《ひとあしまえ》へでました。

「ぼくは小《こ》だいこの係《かか》りでねえ。セロへ合《あ》わせてもらってこいといわれたんだ。」

「どこにも小《こ》だいこがないじゃないか。」

「そら、これ。」

たぬきのこはせなかからぼうきれを二本《にほん》だしました。

「それでどうするんだ。」

「ではね、『ゆかいな馬車屋《ばしゃや》』をひいてください。」

「なんだゆかいな馬車屋《ばしゃや》ってジャズか。」

「ああ、この譜《ふ》だよ。」

たぬきのこはせなかからまた一《いち》まいの譜《ふ》をとりだしました。ゴーシュは手《て》にとってわらいだしました。

「ふう、へんな曲《きょく》だなあ。よし、さあひくぞ。おまえは小《こ》だいこをたたくのか。」

ゴーシュはたぬきのこがどうするのかと思《おも》ってちらちらそっちを見《み》ながらひきはじめました。

するとたぬきのこはぼうをもってセロのこまの下《した》のところをひょうしをとってぽんぽんたたきはじめました。それがなかなかうまいのでひいているうちにゴーシュはこれはおもしろいぞと思《おも》いました。

おしまいまでひいてしまうとたぬきのこはしばらく首《くび》をまげて考《かんが》えました。

それからやっと考《かんが》えついたというようにいいました。

「ゴーシュさんはこの二番目《にばんめ》の糸《いと》をひくときはきたいにおくれるねえ。なんだかぼくがつまずくようになるよ。」

ゴーシュははっとしました。たしかにその糸《いと》はどんなに手早《てばや》くひいてもすこしたってからでないと音《おと》がでないような気《き》がゆうべからしていたのでした。

「いや、そうかもしれない。このセロは悪《わる》いんだよ。」

とゴーシュはかなしそうにいいました。するとたぬきは気《き》のどくそうにしてまたしばらく考《かんが》えていましたが、

「どこが悪《わる》いんだろうなあ。ではもう一《いっ》ぺんひいてくれますか。」

「いいともひくよ。」

ゴーシュははじめました。たぬきのこはさっきのようにとんとんたたきながらときどき頭《あたま》をまげてセロに耳《みみ》をつけるようにしま

した。そしておしまいまできたときは今夜《こんや》もまた東《ひがし》がぼうと明《あか》るくなっていました。

「あ、夜があけたぞ。どうもありがとう。」

たぬきのこはたいへんあわてて譜《ふ》やぼうきれをせなかへしょってゴムテープでぱちんととめておじぎを二《ふた》つ三《みっ》つするといそいで外《そと》へでていってしまいました。

ゴーシュはぼんやりしてしばらくゆうべのこわれたガラスからはいってくる風《かぜ》をすっていましたが、町《まち》へでていくまでねむって元気《げんき》をとりもどそうと急《いそ》いでねどこへもぐりこみました。

次《つぎ》のばんもゴーシュは夜通《よどお》しセロをひいて明《あ》けがた近《ちか》く思《おも》わずつかれて楽器《がっき》をもったまままうとうとしていますとまただれか扉《と》をこつこつたたくものがあります。それもまるできこえるかきこえ

ないかのくらいでしたが毎晩《まいばん》のことなのでゴーシュはすぐききつけて、

「おはいり。」

といいました。すると戸《と》のすきまから入《はい》ってきたのは一《いっ》ぴきの野《の》ねずみでした。そしてたいへん小《ちい》さなこどもをつれてちょろちょろとゴーシュの前《まえ》へ歩《ある》いてきました。そのまた野《の》ねずみのこどもときたらまるでけしごむのくらいしかないのでゴーシュは思《おも》わずわらいました。すると野《の》ねずみはなにをわらわれたろうというようにきょろきょろしながらゴーシュの前《まえ》にきて、青《あお》いくりの実《み》をひとつぶ前《まえ》においてちゃんとおじぎをしていいました。

「先生《せんせい》、このこがあんばいがわるくて死《し》にそうでございますが先《せん》生《せい》おじひになおしてやってくださいまし。」

「おれが医者《いしゃ》などやれるもんか。」

ゴーシュはすこしむっとしていいました。すると野《の》ねずみのお母《かあ》さんは下《した》を向《む》いてしばらくだまっていましたがまた思《おも》いきったようにいいました。

「先生《せんせい》、それはうそでございます。先《せん》生《せい》は毎日《まいにち》あんなにじょうずにみんなの病気《びょうき》をなおしておいでになるではありませんか。」

「なんのことだかわからんね。」

「だって先生先生《せんせいせんせい》のおかげで、うさぎさんのおばあさんもなおりましたしした

ぬきさんのお父《とう》さんもなおりましたしあんないじわるのみみずくまでなおしていただいたのにこのこばかりお助《たす》けをいただけないとはあんまりなさけないことでございます。」

「おいおい、それはなにかのまちがいだよ。おれはみみずくの病《びょう》気《き》なんどなおしてやったことはないからな。もっともたぬきのこはゆうべきて楽《がく》隊《たい》のまねをしていったがね。ははん。」

ゴーシュはあきれてそのこねずみを見《み》おろしてわらいました。

すると野《の》ねずみのお母《かあ》さんがなきだしてしまいました。

「あああこのこはどうせ病《びょう》気《き》になるならもっと早《はや》くなればよかった。さっきまであれくらいごうごうと鳴《な》らしておいでになったのに、病《びょう》気《き》になるといっしょにぴたっと音《おと》がとまってもうあとはいくらおねがいしても鳴《な》らしてくださらないなんて。なんてふしあわせなこどもだろう。」

ゴーシュはびっくりしてさけびました。

「なんだと、ぼくがセロをひけばみみずくやうさぎの病気《びょうき》がなおると。どういうわけだ。それは。」

野《の》ねずみは目《め》を片手《かたて》でこすりこすりいいました。

「はい、ここらのものは病気《びょうき》になるとみんな先生《せんせい》のおうちのゆか下《した》に入《はい》ってなおすのでございます。」

「するとなおるのか。」

「はい。からだじゅうとても血《ち》のまわりがよくなってたいへんいい気持《きも》ちですぐになおるかたもあればうちへ帰《かえ》ってからなおるかたもあります。」

「ああそうか。おれのセロの音《おと》がごうごうひびくと、それがあんまのかわりになっておまえたちの病気《びょうき》がなおるというのか。よし。わかったよ。やってやろう。」

ゴーシュはちょっとギウギウと糸《いと》をあわせてそれからいきなりねずみのこどもをつまんでセロのあなから中《なか》へ入《い》れてしまいました。

「わたしもいっしょについていきます。どこの病院《びょういん》でもそうですから。」

おっかさんの野《の》ねずみはきちがいのようになってセロにとびつきました。

「おまえさんも入《はい》るかね。」

セロひきはおっかさんの野《の》ねずみをセロのあなからくぐしてやろうとしましたが顔《かお》が半分《はんぶん》しか入《はい》りませんでした。

野《の》ねずみはばたばたしながら中《なか》のこどもにさけびました。

「おまえそこはいいかい。落《お》ちるときいつも教《おし》えるように足《あし》をそろえてうまく落《お》ちたかい。」

「いい。うまく落《お》ちた。」

こどものねずみはまるで蚊《か》のような小《ちい》さな声《こえ》でセロのそこで返《へん》事《じ》しました。

「だいじょうぶさ。だからなき声《ごえ》だすなというんだ。」

ゴーシュはおっかさんのねずみを下《した》におろしてそれから弓《ゆみ》をとってなんとかラプソディとかいうものをごうごうがあがあひきました。するとおっかさんのねずみはいかにも心配《しんぱい》そうにその音《おと》のぐあいをきいていましたがとうとうこらえきれなくなったふうで、

「もうたくさんです。どうかだしてやってください。」

といいました。

「なあんだ、これでいいのか。」

ゴーシュはセロをまげてあなのところに手《て》をあてて待《ま》っていましたらまもなくこどものねずみがでてきました。ゴーシュは、だまってそれをおろしてやりました。見《み》るとすっかり目《め》をつぶってぶるぶるぶるぶるふるえていました。

「どうだったの。いいかい。気分《きぶん》は。」

こどものねずみはすこしもへんじもしないでまだしばらく目《め》をつぶったままぶるぶるぶるぶるふるえていましたがにわかに起《お》きあがって走《はし》りだしました。

「ああよくなったんだ。ありがとうございます。ありがとうございます。」

おっかさんのねずみもいっしょに走《はし》っていましたが、まもなくゴーシュの前《まえ》にきてしきりにおじぎをしながら、

「ありがとうございますありがとうございます。」

と十《とお》ばかりいいました。

ゴーシュはなにがな（なんだか）かあいそうになって、

「おい、おまえたちはパンは食《た》べるのか。」

とききました。すると野《の》ねずみはびっくりしたようにきょろきょろあたりを見《み》まわしてから、

「いえ、もうおパンというものは小麦《こむぎ》の粉《こな》をこねたりむしたりしてこしらえたものでふくふくふくらんでいておいしいものなそうでございますが、そうでなくてもわたしどもはおうちの戸《と》だなへなどまいったこともございませんし、ましてこれくらいお世話《せわ》に

なりながらどうしてそれを運《はこ》びになんどまいれましょう。」

といいました。

「いや、そのことではないんだ。ただ食《た》べるかときいたんだ。では食《た》べるんだな。ちょっとまてよ。そのはらの悪《わる》いこどもへやるからな。」

ゴーシュはセロをゆかへおいて戸《と》だなからパンをひとつまみむしって野《の》ねずみの前《まえ》へおきました。

野《の》ねずみはもうまるでばかのようになって泣《な》いたり笑《わら》ったりおじぎをしたりしてからだいじそうにそれをくわえてこどもをさきに立《た》てて外《そと》へでていきました。

「ああ。ねずみと話《はなし》するのもなかなかつかれるぞ。」

ゴーシュはねどこへどっかりたおれてすぐぐうぐうねむってし

まいました。

それから六日《むいか》めのばんでした。金星音楽団《きんせいおんがくだん》の人《ひと》たちは町《まち》の公会《こうかい》堂《どう》のホールのうらにあるひかえ室《しつ》へみんなぱっと顔《かお》をほてらしてめいめい楽器《がっき》をもって、ぞろぞろホールの舞台《ぶたい》から引《ひ》きあげてきました。首尾《しゅび》よく第六交響曲《だいろくこうきょうきょく》をしあげたのです。ホールでは拍手《はくしゅ》の音《おと》がまだあらしのように鳴《な》っております。楽長《がくちょう》はポケットへ手《て》をつっこんで拍手《はくしゅ》なんかどうでもいいというようにのそのそみんなの間《あいだ》を歩《ある》きまわっていましたが、じつはどうしてうれしさでいっぱいなのでした。みんなはたばこをくわえてマッチをすったり楽器《がっき》をケースへ入《い》れたりしました。

ホールはまだぱちぱち手《て》が鳴《な》っています。それどころではなくいよいよそれが高《たか》くなってなんだかこわいような手《て》がつけられないような音《おと》になりました。大《おお》きな白《しろ》いリボンをむねにつけて司会《しかい》者《しゃ》が入《はい》ってきました。

「アンコールをやっていますが、なにかみじかいものでもきかせてやってくださいませんか。」

すると楽長《がくちょう》がきっとなって答《こた》えました。

「いけませんな。こういう大物《おおもの》のあとへなにをだしたってこっちの気《き》のすむようにはいくもんでないんです。」

「では楽長《がくちょう》さんでてちょっとあいさつしてください。」

「だめだ。おい、ゴーシュくん、なにかでてひいてやってくれ。」

「わたしがですか。」

ゴーシュはあっけにとられました。

「きみだ、きみだ。」

バイオリンの一番《いちばん》の人《ひと》がいきなり顔《かお》をあげていいました。

「さあでていきたまえ。」

楽長《がくちょう》がいいました。

みんなもセロをむりにゴーシュに持《も》たせて扉《と》をあけるといきなり舞台《ぶたい》へゴーシュをおしだしてしまいました。ゴーシュがそのあなのあいたセロをもってじつにこまってしまって舞台《ぶたい》へでるとみんなはそら見《み》ろというようにいっそうひどく手《て》をたたきました。わあとさけんだものもあるようでした。

「どこまで人《ひと》をばかにするんだ。よし見《み》ていろ。インドのとらがりをひいてやるから。」

ゴーシュはすっかり落《お》ちついて舞台《ぶたい》のまん中《なか》へでました。それからあのねこのきたときのようにまるでおこったぞうのようない

きおいでとらがりをひきました。ところが聴衆《ちょうしゅう》はしいんとなって一生《いっしょう》けん命《めい》きいています。ゴーシュはどんどんひきました。ねこがせつながってぱちぱち火花《ひばな》をだしたところもすぎました。扉《と》へからだをなんべんもぶっつけたところもすぎました。

曲《きょく》が終《お》わるとゴーシュはもうみんなのほうなどは見《み》もせずちょうどそのねこのようにすばやくセロをもって楽屋《がくや》へにげこみました。すると楽屋《がくや》では楽長《がくちょう》はじめなかまがみんな火事《かじ》にでもあったあとのように目《め》をじっとしてひっそりとすわりこんでいます。

ゴーシュはやぶれかぶれだと思《おも》ってみんなの間《あいだ》をさっさと歩《ある》いていって向《む》こうの長《なが》いすへどっかりとからだをおろして足《あし》を組《く》んですわりました。

するとみんなが一《いっ》ぺんに顔《かお》をこっちへ向《む》けてゴーシュを見《み》まし

たが、やはりまじめでべつにわらっているようでもありませんでした。

「こんやはへんなばんだなあ。」

ゴーシュは思《おも》いました。ところが楽長《がくちょう》は立《た》っていいました。

「ゴーシュくん、よかったぞお。あんな曲《きょく》だけれどもここではみんなかなり本気《ほんき》になってきいていたぞ。一週間《いっしゅうかん》か十日《とおか》の間《あいだ》にずいぶんしあげたなあ。十日前《とおかまえ》とくらべたらまるで赤《あか》んぼうとへいたいだ。やろうと思《おも》えばいつでもやれたんじゃないか、きみ。」

なかまもみんな立《た》ってきて、

「よかったぜ。」

とゴーシュにいいました。

「いや、からだがじょうぶだからこんなこともできるよ。ふつうの人《ひと》なら死《し》んでしまうからな。」
楽長《がくちょう》が向《む》こうでいっていいました。
そのばんおそくゴーシュは自分《じぶん》のうちへ帰《かえ》ってきました。
そしてまた水《みず》をがぶがぶのみました。それからまどをあけてい
つかかっこうのとんでいったと思《おも》った遠《とお》くの空《そら》をながめながら、
「ああかっこう。あのときはすまなかったなあ。おれはおこった
んじゃなかったんだ。」
といいました。

ドングリ山《やま》のやまんばあさん

［作《さく》］富安陽子《とみやすようこ》　［絵《え》］山川《やまかわ》はるか

1 やまんばあさん、子守《こも》りをする

ドングリ山《やま》のてっぺんに、やまんばあさんという、一人《ひとり》の山姥《やまんば》が住《す》んでいた。

年《とし》は、二百九十六《にひゃくきゅうじゅうろく》さい。それじゃあ、きっとヨボヨボだろうって？　いやいや、ドングリ山《やま》のやまんばあさんときたら、オリンピック選手《せんしゅ》よりも元気《げんき》で、プロレスラーよりも力持《ちからも》ちだった。

山《やま》のふもとからちょうじょうまでのけわしい山道《やまみち》も、やまんばあさんがかけあがれば、たったの四分《よんぷん》三十秒《さんじゅうびょう》。人間《にんげん》ならおとなだって、一時《いちじ》間《かん》はかかる道《みち》なんだ。

　でも、となり山《やま》に用事《ようじ》があるときには、やまんばあさんは、わざわざ山道《やまみち》を歩《ある》いていったりはしない。深《ふか》い、ドキドキするほどけわしい谷間《たにま》を、ぴょんとひとっとびに、とびこしてしまえるから。

　ある朝《あさ》のこと、やまんばあさんは、家《いえ》の前《まえ》にある、サクラの切《き》りかぶにすわって、うつらうつらといねむりをし

ていた。その切《き》りかぶには、フワフワのこけが生《は》えた、ちょうどいいくぼみがあって、やまんばあさん、お気《き》に入《い》りのいすだった。

ついでにいっておくと、やまんばあさんの家《いえ》というのは、二階《にかい》建《だ》てのすてきな家《いえ》だ。家《いえ》といったって、ふつうの家《いえ》とは、ちょっとちがう。それは、ドングリ山《やま》のてっぺんに生《は》える、ものすごく大《おお》きな、クスノキだった。そのクスノキの太《ふと》い太《ふと》いみきの中《なか》には、ぽっかりあいた空《くう》どうがあって、やまんばあさんは、そこに、小《ちい》さな木《き》のテーブルと、やわらかな干《ほ》し草《くさ》をつめこんだソファをおいていた。ソファにすわって上《うえ》を見上《みあ》げると、みきのとちゅうにあいた、ふし穴《あな》から空《そら》が見《み》える。部屋《へや》のすみには、小《ちい》さな階《かい》だんがあって、そこからは地下室《ちかしつ》におりていけるようになっていた。

地下室《ちかしつ》は、やまんばあさんの貯蔵庫《ちょぞうこ》だ。木《き》の実《み》のお酒《さけ》や、ジュースや、干《ほ》したキノコや、クリやドングリなんかが、大《おお》きな木《き》のたるにつまってぎっしりならんでいる。だけど、なんてったって、やまんばあさんの一番《いちばん》お気《き》に入《い》りの場《ば》所《しょ》は、この家《いえ》の二階《にかい》。つまり、クスノキのしげったこずえの中《なか》にかくれた部屋《へや》だった。そこには、しっかりとしたツル草《くさ》であんだハンモックがかかっていて、のんびりと、風《かぜ》にふかれながら、ねそべることができる。やまんばあさんの体《からだ》は、ものすごくがんじょうだったから、こごえそうに寒《さむ》い雪《ゆき》のばんだって、こずえのハンモックでグウグウねむることができるんだ。山《やま》に大雨《おおあめ》がふって、空《そら》でカミナリがピカピカ、ゴロゴロやっている日《ひ》には、やまんばあさんは、もう、うれしくって、こずえのハンモックを、ゆっさゆっさ、ゆらす。そうやって、ふきあれる風《かぜ》の音《おと》と、クスノキのこずえをたたく、雨《あめ》の音《おと》をききながら、ハンモックにのっていると、まるで自分《じぶん》が荒海《あらうみ》を進《すす》む船《ふね》の船長《せんちょう》になったような気《き》がして、やまんばあさんは、うっとりしてしまうのだった。

さて、とにかく、その夏《なつ》の初《はじ》めの朝《あさ》のこと、いねむりをしているやまんばあさんのところに、一羽《いちわ》のお客《きゃく》がとんできた。

「やまんばあさん。やまんばあさん。ちょいと、起《お》きてよ」

それは、まっ黒《くろ》い羽《はね》のツヤハグロという名《な》のカラスのおくさんで、やまんばあさんの家《いえ》のすぐ近《ちか》くのカツラの木《き》に住《す》んでいた。

「やまんばあさん！　やまんばあさん！　ちょいと、たのみごとがあるんですよ！」

ツヤおくさんが、クスノキのえだにとまって、大声《おおごえ》でさけんだものだから、やまんばあさんは、切《き》りかぶのいすから二《に》メートルもとびあがり、びっくりして目《め》をさました。

「おひるねのじゃましちゃって、ごめんなさいよ」と、ツヤおくさんはあやまった。

「あたしがねてたって？」

やまんばあさんは、おどろいたようにカラスのツヤおくさんをながめた。

「とんでもない！　ただ、ちょっと考《かん》えごとをしてただけだよ」

ひるねをしているときに〝考《かん》えご

とをしていた〟というのが、やまんばあさんの決《き》まりもんくだったので、ツヤおくさんは気《き》にしなかった。

「やまんばあさん。じつはね、今日《きょう》、神楽山《かぐらやま》のイトコの結婚式《けっこんしき》によばれてるんだけど、うちには、生《う》まれたばかりの、三羽《さんわ》のぼうやたちがいるし、ぼうやたちは、まだとぶこともできない。本当《ほんとう》にもうしわけないんだけど、夕方《ゆうがた》まで、ぼうやたちの子守《こも》りをしてもらえないかしら」

「ああ、いいよ」とやまんばあさんはいった。やまんばあさんは、いつだって、気前《きまえ》のいい山姥《やまんば》なんだ。それに、たまには、かわいいカラスのチビちゃんたちの子守《こも》りをするのも悪《わる》くないかな……と思《おも》っていた。

そこで、さっそく、ツヤハグロおくさんは、ご主人《しゅじん》のツヤマクロと二羽《にわ》、つれだって、神楽山《かぐらやま》のイトコの結婚式《けっこんしき》にでかけていった。

カツラの木《き》の巣《す》の中《なか》にのこったのは、三羽《さんわ》の子《こ》どもたち。

名前《なまえ》は、〝知《し》りたがり〟と〝大《おお》ぐらい〟と〝メソメソ〟だ。

やまんばあさんは、高《たか》い高《たか》いカツラの木《き》をスルスル上《あ》がって、カラスの一家《いっか》の巣《す》がのっかっている、てっぺん近《ちか》くの横《よこ》えだにこしをおろした。

「さあ、チビちゃんたち。今日《きょう》は、おばあちゃんといっしょに、おるす

ばんだよ」と、やまんばあさんがいうと、三羽《さんわ》の仔《こ》ガラスたちはいっせいに、口《くち》を開《ひら》いた。

「あんた、だれ？　あんた、だれ？　どうして、黒《くろ》くないの？　どうして、羽《はね》も生《は》えてないの？　どうしてクチバシがないの？」

と知《し》りたがりがさけぶ。

「お母《かあ》ちゃんに、あいたいよー。お父《とう》ちゃんに、あいたいよー。おるすばんなんていやだー」と、メソメソがなきだす。

「おなかがへった！　おなかがへった！　おなかがへったよー！」

と、大《おお》ぐらいがわめいた。

まあ、その声《こえ》の大《おお》きいこと、うるさいこと。やまんばあさんは、耳《みみ》がぶっこわれるんじゃないかと思《おも》ったほどだ。

でも、やまんばあさんはあわてない。

『どれ、おもしろいお話《はなし》でもしてやろう。そうすれば、子《こ》どもなんておとなしくなるものさ』

そう考《かんが》えたやまんばあさんは、やさしいしわがれ声《ごえ》で、昔話《むかしばなし》を話《はな》しはじめた。

「むかあし、むかし、あるところに、おじいさんと、おばあさんが住《す》んでいました」

「むかしむかしって、どのくらいむかしなの？　おばあちゃんが生《う》まれるより、ずっとむかしなの？」

知《し》りたがりがたずねたので、やまんばあさんは、にっこりとうなずいた。

「そうとも、あたしが生《う》まれるより、ずうっとむかしのことだよ」

「じゃ、なんで知《し》ってるの？」

やまんばあさんは、カビの生《は》えた黒《くろ》いまんじゅうのような頭《あたま》をした仔《こ》ガラスをじっとみつめてだまりこんだ。

「お母《かあ》ちゃん！　お父《とう》ちゃん！」

メソメソが、またなきだした。

「はらへったよー　はらへったよー」と大《おお》ぐらいが、わめいている。

やまんばあさんは、知《し》りたがりの質問《しつもん》には答《こた》えず、話《はなし》の先《さき》をつづけることにした。

「ある日《ひ》、おじいさんが山《やま》にシバかりに、おばあさんが川《かわ》へせんたくにいくと、川《かわ》の上《うえ》のほうから、大《おお》きな、大《おお》きなももが、ドンブラコッコ、スッコッコ。ドンブラコッコ、スッコッコ。と、流《なが》れてきました。

〃こりゃ、また、大《おお》きなももだねえ。家《いえ》に帰《かえ》って、おじいさんと食《た》べよう〃そう思《おも》って、おばあさんは、ももをひろって、家《いえ》に帰《かえ》りました」

「大《おお》きなももって、どれくらい？　こんぐらい、大《おお》きいの？」

そういって、知《し》りたがりが小《ちい》さなつばさをいっぱいに広《ひろ》げたので、やまんばあさんは、ニヤリと笑《わら》って、両《りょう》うでをいっぱいに広《ひろ》げてみせた。

「いや、いや。これぐらいだよ」

「じゃ、どうして、運《はこ》べたの？」

やまんばあさんは、もう一度《いちど》、まんじゅう頭《あたま》の仔《こ》ガラスを、まじまじとみつめると、今度《こんど》はきっぱりと答《こた》えてやった。

「そりゃ、そのおばあさんが、力持《ちからも》ちだったから、運《はこ》べたんだよ。

世《よ》の中《なか》、力持《ちからも》ちのおばあさんだって、いくらでも、いるんだからね」

「お母《かあ》ちゃんに、あいたいよー。お母《かあ》ちゃんは、どこー？　お父《とう》ちゃんは、どこー？」

メソメソが、ジタバタと羽《はね》をゆすって泣《な》きはじめた。

「はらへったー！　はらへったー！」

大《おお》ぐらいは、あいかわらずわめいている。やまんばあさんは、だんだんお話《はなし》をするのが、いやになってきていた。そこで、ちょっと早《はや》めに物語《ものがたり》をきりあげることにしたんだ。

「そして、二人《ふたり》は、大《おお》きなももをおなかいっぱい食《た》べましたとさ。めでたし、めでたし」

「そんだけ？」

知《し》りたがりがきいた。

「そうだよ。お話《はなし》は、これでおしまい」

「ちっとも、おもしろくない」

知《し》りたがりが、がっかりしたようにいったが、やまんばあさんは、気《き》にしなかった。

「さて、それじゃあ、あたしは、あんたたちのお昼《ひる》ごはんをさがしにいってくるから、おりこうにまっておいで。兄弟《きょうだい》をつっついたり、巣《す》からとびだしたりしちゃあ、いけないよ。その黒《くろ》いクチバシを、ぴたりととじて、じいっと巣《す》の中《なか》でまっているんだよ」

そういいのこすと、やまんばあさんは、さっさとカツラの木《き》をすべりおりていった。

山《やま》すそのサクラの木《き》のえだに、毛虫《けむし》がいっぱいくっついていたので、その毛虫《けむし》を、仔《こ》ガラスたちのお昼《ひる》に、集《あつ》めてくるつもりだったんだ。

やまんばあさんがいなくなってしまうと、仔《こ》ガラスたちはいいつけどおり、ぴたりとクチバシをとじ、巣《す》の中《なか》に身《み》をひそめた。そのことだけは、お父《とう》さんとお母《かあ》さんに、きびしくしつけられていたんだ。親鳥《おやどり》のいない巣《す》の中《なか》でさわいだりすれば、山《やま》のイタチやキツネに、すぐみつかってしまうからね。

だけど、どんなに用心《ようじん》していても、山《やま》の中《なか》には、そんなヒナたちを、ちゃんとみつけてしまうやつがいる。

ほうら。カツラの木《き》の下《した》にしげる、草《くさ》むらの中《なか》に、そいつはもうしのびよっている。もし、だれかが注意深《ちゅういぶか》く草《くさ》むらを見《み》ていれば、風《かぜ》もないのにざっ草《そう》がゆれるのに気《き》づいただろう。ランランと光《ひか》るふたつの目玉《めだま》が見《み》えたかもしれない。だけど、そいつは、足音《あしおと》をたてない。

体《からだ》をおおうなめらかなウロコのよろいのおかげで、そいつは、足《あし》もないのに地面《じめん》の上《うえ》を、自由《じゆう》に進《すす》めるんだ。高《たか》い木《き》の上《うえ》にだって、スルスルと上《のぼ》れる。

そう。そいつの名《な》はアオダイショウ。ドングリ山《やま》のきらわれ者《もの》の、でっかいヘビだ。山《やま》のみんなは、そいつのことを、ただ、

タイショウとよんでいた。いつもはらぺこで、どこかにごちそうがころがってはいまいかと草《くさ》むらの中《なか》をうろついている。

そして、タイショウは、ちゃあんと知《し》っていた。ぞうき林《ばやし》のカツラの木《き》の上《うえ》に、カラスの巣《す》があることも。その巣《す》の中《なか》には、まるまる太《ふと》ったごちそうが、三羽《さんわ》そろっていることも。もちろん、親鳥《おやどり》たちがるすだということも。

やまんばあさんが、どこかへいってしまったのを見《み》とどけると、タイショウは、ソロリソロリとカツラの木《き》の根元《ねもと》に近《ちか》づいていった。それから、なめらかな木《き》のみきに体《からだ》をはわせ、ゆっくりと木《き》をのぼりはじめる。タイショウは決《けっ》して急《いそ》がない。あたりに気《き》をくばりながら、息《いき》をひそめ、気配《けはい》を消《け》しさり、しずかに、しずかに、ごちそうのほうへと近《ちか》づいていく。

三羽《さんわ》のヒナたちは、大《おお》きなヘビの頭《あたま》が、ふいに巣《す》の中《なか》をのぞきこんで、初《はじ》めて、ハッと息《いき》をのんだ。

「あんた、だれ？ あんた、だれ？ どうして、黒《くろ》くないの？ どうして、そんなに、体《からだ》が長《なが》いの？」といったとたん、知《し》りたがりは、パクリとタイショウにのみこまれてしまった。

「お母《かあ》ちゃーん、こわいよー！ お父《とう》ちゃーん、助《たす》けてー！」となきだしたメソメソも、つづいて、パクリ。

やまんばあさんが、カツラの木《き》の下《した》に帰《かえ》ってきたとき、タイショウは、ちょうど三羽目《さんわめ》の大《おお》ぐらいをひとのみにしようとしているところだった。

「こりゃ、えらいこったよ」と、やまんばあさんがつぶやく。

「はらへったよー！」と大《おお》ぐらいがさけぶのがきこえた。たぶん、あんまりびっくりしてしまって、ほかにさけぶ言葉《ことば》を思《おも》いつかなかったのだろう。

「はら、へってんのは、おれだよ」

タイショウは、そういってニヤリとわらうと大《おお》きな口《くち》をバクリとあけて、ついに、最後《さいご》の大《おお》ぐらいをゴクリとのみこんでしまった。

と、そのときだった。やまんばあさんが、地面《じめん》をけって、ジャンプしたんだ。

一気《いっき》に、タイショウのまきつく、カツラの木《き》の高《たか》いこずえまで、すっとんだやまんばあさんは、そのまま、ヘビの太《ふと》いしっぽに、タックルをかけた。

タイショウは、いきなりしっぽをギュウッと、ものすごい力《ちから》でしめつけられてあわてた。なんとか、やまんばあさんをふりおとそうとしっぽをビュンビュンふりまわす。しかし、アオダイショウごときに、やまんばあさんが負《ま》けるもんか。しっぽにくっついて、ビュンビュンふりまわされながらやまんばあさんは、足《あし》の指《ゆび》で、がっしりと、木《き》のえだにつかまった。こうなると、もう、タイショウは、しっぽをふりまわせない。もがくタイショウを、やまんばあさんがじわじわと、しめあげていく。とうとう、木《き》のえだに両足《りょうあし》をかけて逆《さか》さまにぶらさがったやまんばあさんは、えいやっと、タイショウをカツラの木《き》から、ひっぺがしてしまった。

さあ、今度《こんど》は、やまんばあさんの番《ばん》だった。さかさにぶらさがったしせいのまま、やまんばあさんは、タイショウのしっぽをつかんでふりまわしはじめた。ビュン、ビュウン、ブン、ブン。ま

わる、まわる。タイショウはプロペラみたいに、グルグルまわされて、悲鳴《ひめい》をあげた。

「タァスケテ、クレエー！」

あんまり目《め》がまわって、あんまり気持《きも》ちが悪《わる》かったので、大声《おおごえ》でさけんだひょうしにタイショウは、のみこんだばかりの三羽《さんわ》のヒナを、口《くち》からはき出《だ》してしまった。

カツラの木《き》からブラリとぶらさがったタイショウの、パックリ開《ひら》いた口《くち》の中《なか》から、一《いち》、二《に》、三羽《さんわ》の仔《こ》ガラスが、ポトン、ポトンと、草《くさ》むらの中《なか》に落《お》っこちた。

やまんばあさんは、のびてしまったタイショウのしっぽを、えだにゆわえつけると、大《おお》いそぎで、地面《じめん》の上《うえ》にとびおりた。

かわいそうに、ヘビのおなかの中《なか》でふりまわされた三羽《さんわ》のヒナは、草《くさ》むらの中《なか》で、そろって目《め》をまわしていた。

「おやまあ、目《め》をまわしてるよ」

やまんばあさんはそういうと、三羽《さんわ》のヒナをそっとだきあげ、スルスルと木《き》を上《のぼ》って、巣《す》の中《なか》にねかせてやった。

しばらくたって、正気《しょうき》に返《かえ》ったタイショウは、しっぽをゆわえられたえだをボキンとおり、地面《じめん》にゴチンと頭《あたま》をぶつけ、大《おお》あわてで、どこかへにげていってしまった。

三羽《さんわ》のヒナはゆめの中《なか》。三羽《さんわ》のヒナは、まだスヤスヤねむっている。

「おいしい毛虫《けむし》のごはんだって、起《お》こしてやろうか？」と、やまんばあさんは考《かんが》えた。でも、すぐに「いやいや、このままの方《ほう》がいい。このままの方《ほう》が、ずっとしずかだもの」と、思《おも》いなおして、起《お》こすのをやめた。
それから、やまんばあさんは、ヒナたちのねむる巣《す》のえだにこしかけ、やさしいしわがれ声《ごえ》で子守《こも》り歌《うた》を歌《うた》いはじめた。
〝カァラス、カラス
なぜ、鳴《な》く、カラス
カラスのおうちは、風《かぜ》の中《なか》
ゆうらり、ゆらり
ゆれるよ、カラス
風《かぜ》にゆられて、ねんねしな〟
その日《ひ》の夕方《ゆうがた》、カラスのツヤおくさんとご主人《しゅじん》が木《き》の上《うえ》のわが家《や》にもどってみると、そこでは三羽《さんわ》のヒナとやまんばあさんが、そろってグウグウ、いびきをかいていた。

「やまんばあさん、ただいま。起《お》きてくださいよ。すっかりお世《せ》話《わ》をかけちゃって、ごめんなさいな」

ツヤおくさんがそういうと、やまんばあさんは、はね起《お》きて、いつものようにいったんだ。

「あたしがねてたっていうのかい？　とんでもない。ただ、ちょっと、考《かんが》えごとをしてたんだよ」

だんじりまつり

［作《さく》］はまのゆか　［絵《え》］はまのゆか

いよいよ明日《あした》からだんじりまつりが始《はじ》まります。

まちには、ちょうちんがならび、たくさんの人《ひと》が、わくわくしながら明日《あした》がくるのを楽《たの》しみにしています。

りょうくんは、明日《あした》までまてなくてはっぴを着《き》てはしゃいでいます。

トントトン、トントトン

三《さん》さいのりょうくんはお父《とう》さんのまねをしてずっとたいこをたたいています。

お父《とう》さんは、なん日《にち》もまえから、おはやしのためにだんじり小《ご》屋《や》へたいこのれんしゅうにいっています。

「お父《とう》さんみたいにだんじりの上《うえ》でたいこたたきたいな」

りょうくんはまだ本物《ほんもの》のたいこをたたいたことがありません。明日《あした》がまちどおしくて、なかなかねむれなかったりょうくんもようやくねむりにつきました。

スースーとねむるりょうくんをみながら、お父《とう》さんはそっと声《こえ》をかけました。

「おやすみ、りょう。明日《あした》は、お父《とう》さんはやくでかけるからな。お母《かあ》さんといっしょにゆっくりだんじり小《ご》屋《や》へおいでや」

朝《あさ》です。目《め》がさめたりょうくんは、お父《とう》さんをさがします。

「あっ、お父《とう》さん」

おまつりのはっぴをきたお父《とう》さんがもうでかけるところです。

「ぼくもいく！」

りょうくんは、すぐにはっぴをはおると、お父《とう》さんをおいかけました。

気《き》づいたお母《かあ》さんもすぐに家《いえ》をとびだしました。

「りょう!!」

息《いき》をきらしながらりょうくんは、走《はし》りつづけます。

お母《かあ》さんは、思《おも》いっきりさけびましたが、声《こえ》はとどきません。

どんどんりょうくんは、遠《とお》くなっていきます。

お父《とう》さんは、おまつりのことで頭《あたま》がいっぱいで、りょうくんが追《お》いかけてきてるのに、まったく気《き》がつきません。

お母《かあ》さんのおなかのなかにはあかちゃんがいるので、走《はし》って追《お》いかけることができません。

でも、遠《とお》くにみえるりょうくんを一生《いっしょう》けん命《めい》追《お》いかけます。

「りょう！　りょう!!　まちなさい」

なんどさけんでも、りょうくんは立《た》ちどまりません。

お父《とう》さんを追《お》いかけて一生《いっしょう》けん命《めい》走《はし》っているりょうくんは気《き》づかないのです。

「頭《あたま》がくらくらしてきたわ」

お母《かあ》さんは、大《おお》きく息《いき》をすいこむと、先《さき》まわりして、お父《とう》さんのいるだんじり小屋《ごや》へむかうことにしました。


りょうくんは、ついにお父《とう》さんをみうしなってしまいました。ふとあたりをみると、いままでにきたことのないところです。

「ここどこやろ…?」

こっちかなと思《おも》うほうに歩《ある》いているうちに、来《き》た道《みち》もわからなくなってきました。だんだん心細《こころぼそ》くなってきます。

「ないたりなんかせーへんわ。ないたりなんかせーへん…」

がまんしようとしているのになみだは、あとからあとからながれてきます。

すると、

……ドンドドン、ドン、ドドン

とおくからたいこの音《おと》が小《ちい》さくきこえてきました。

耳《みみ》をすまして音《おと》のするほうにいってみました。

「ここにきてると思《おも》ったんやけど、どこにいったんやろ…」

「そこらへんをさがしてくるわ。おまえは、ここでまっとき」

お父《とう》さんとお母《かあ》さんが心配《しんぱい》そうに話《はな》しているすがたがみえました。

りょうくんは、はっぴのそでで、グイッとなみだをぬぐうと、かけだしました。

「お母《かあ》さん！」

「だまって、一人《ひとり》ででていったらあかんやろ。もう心配《しんぱい》で、心配《しんぱい》で、お母《かあ》さんたおれるかと思《おも》ったわ」

お母《かあ》さんが、ぎゅっとだきしめてくれました。

お母《かあ》さんは、目《め》をまっ赤《か》にしてなきそうな顔《かお》をしています。

「もう、落《お》ちついたか？　そしたら、着《き》がえておいで」

「あっ…、パジャマのままや」

おかあさんは、やっとわらいました。

「せっかくきたんやから、たいこたたいていくか？　特別《とくべつ》やぞ」

お父《とう》さんはそういうと、りょうくんをだんじりにのせてくれました。

「え、いいの？　お父《とう》さんみたいにたたいて、いいの？」

トントトン、トントトン
かわいらしい小《ちい》さな音《おと》がひびきました。

着《き》がえをすませたりょうくんとお母《かあ》さんは、神《かみ》さまのいる神社《じんじゃ》へむかうだんじりをとっておきの場所《ばしょ》で、みおくりました。

大《おお》きなかけ声《ごえ》と音《おと》。

はしるだんじりはすごいはくりょくです。

だんじりは、二日間《ふつかかん》元気《げんき》いっぱいにまちを走《はし》りまわります。

りょうくんは休《きゅう》けいをとっているお父《とう》さんのところへいき、おかしをもらいました。

「ぼくも大《おお》きくなったら、さっきのお父《とう》さんみたいにだんじりにのって、かっこよくたいこたたくねん」

「そうか、そうか」

お父《とう》さんは、うれしそうにうなずきます。

しばらくすると、おなかがいっぱいになったのと、早起《はやお》きしたのとで、りょうくんは、急《きゅう》にねむくなってしまいました。

お父《とう》さんにかたぐるまされたりょうくんはぐっすりとねむっています。

遠《とお》くにだんじりまつりのおはやしがきこえています。

ドンドドン、ドン、ドドン……

いいことって　どんなこと

［作《さく》］神沢利子《かんざわとしこ》　［絵《え》］木村《きむら》いこ

さっきから、ぴちゃぴちゃ、水《みず》の音《おと》がしていました。犬《いぬ》が水《みず》を飲《の》んでいるような音《おと》です。

あんまりいつまでも、ぴちゃぴちゃいっているので、わたしは、まどをあけてみました。

犬《いぬ》はいませんでした。

ぴかぴかのしずくが、ひっきりなしに落《お》ちていました。やねの雪《ゆき》がとけて、しずくを落《お》としていたのです。

ぴちゃ　ぴちゃ　ぴてぴて

しずくははねて、おどって、うたっていました。あんまりうれしそうなので、わたしはたずねました。

「しずくさん、しずくさん、どうしてそんなにうれしいの。」

しずくは、雪《ゆき》の上《うえ》におちて、すきとおった小《ちい》さな流《なが》れになって、こたえました。

ぴちゃ　ぴちゃ　ぴてぴて　ちろろろろ
　いいことが　あるからよ
　いいことが　あるからよ

いいことって、どんなことかしら。

わたしは、長《なが》ぐつをはいて、外《そと》へでました。

小鳥《ことり》たちがとんできました。

きいろいむねの小鳥《ことり》たちは、

ちゅーいん　ちゅーいん
うたいながら、とんでいます。
なんてうれしそうなのでしょう。
「小鳥《ことり》さん、小鳥《ことり》さん、
どうしてそんなにうれしいの。」
わたしは、思《おも》わずたずねました。
ちゅーいん　ちゅーいん
　いいことが　あるからよ
　いいことが　あるからよ
小鳥《ことり》たちがこたえました。
「いいことって、どんなこと？」
わたしはおいかけました。

でも、小鳥《ことり》たちは、とおくのほうへ、とんでいってしまいました。
いいことって、どんなことかしら。

わたしが歩《ある》いていくと、
ざぶ　ざぶ　じょじょじょー
川《かわ》の歌《うた》がきこえてきました。
冬《ふゆ》のあいだ、小《ちい》さな川《かわ》はこおっていました。でも、いまは、こおりもとけて、川《かわ》は元気《げんき》よくながれていました。
「川《かわ》さん、川《かわ》さん、どうしてそんなにうれしいの。」
わたしはたずねました。
川《かわ》は、しぶきをあげながら、こたえました。

ざっぷ　ざっぷ　じょじょじょー
　いいことが　あるからさ
　　いいことが　あるからさ
「いいことって、どんなこと？」
わたしはたずねました。
川《かわ》はこたえました。
ざぶ　ざぶ　じょじょー
　みつけてごらん
　　みつけてごらん
いいことって、どんなことかしら。
なんだか、わくわくしてきます。
わたしが歩《ある》いていくと、風《かぜ》が、さあーっとふいてきました。

川《かわ》べりのやなぎの木《き》が、風《かぜ》におどっています。

赤《あか》くけむったかばの木《き》たちも、ゆさゆさからだをゆすっています。

「風《かぜ》さん、風《かぜ》さん。」

わたしは、風《かぜ》によびかけました。

「やなぎの木《き》とおどって、かばの木《き》とおどって、どうしてそんなにうれしいの。」

ざざ　ざ　ざ　ざー
いいことが　あるんだよ
いいことが　あるんだよ

風《かぜ》はこたえました。

「いいことって、どんなこと？　ねえ、ねえ、教《おし》えて。」

わたしは、たずねました。

すると、風《かぜ》は、さーっとふいてきて、わたしの耳《みみ》になにかをいって、かけていきました。

「えっ、いま、なんていったの。」

風《かぜ》の言葉《ことば》は、わたしにはわかりませんでした。


風《かぜ》は、なんていったのかしら。

わたしが、ぼんやりたっていると、林《はやし》の中《なか》から、りすがとびだしてきました。耳《みみ》の長《なが》い、ちゃいろいりすでした。

あら、また、一《いっ》ぴきかけてきます。

わたしは、うれしくなってよびました。

「りすさん、りすさん、遊《あそ》びましょ。」

き　き　き

二《に》ひきは、追《お》いかけっこをはじめました。そのすばしこいこと。追《お》いかけて、わたしは、転《ころ》んでしまいました。ひざまで、雪《ゆき》にうもれてしまったのです。

りすは、どこへいったのでしょう。もう、すがたは見《み》えません。

雪《ゆき》の野原《のはら》に、わたしだけがひとりぼっち……。

いいことがあるって、みんな、みんな、ひみつにして。みんな、みんな、じぶんばっかり、うれしそうにして……。

転《ころ》んだまま、雪《ゆき》にほっぺたをつけていると、つめたくて、ほっぺたがじんじんしてきました。

でも、そうやっているると、
しゅん　しゅん　しゅん
ろ　ろ　ろ　ろ　ろ

雪《ゆき》の下《した》から、かすかな歌声《うたごえ》がきこえてきました。

「だれ？　だれがうたっているの。」

わたしは、足《あし》もとの雪《ゆき》を、両手《りょうて》ですくいました。

雪《ゆき》をほって、ほっていくと、

しゅん　しゅん　ろ　ろろろ

歌《うた》が、だんだんはっきりしてきました。

いちばんおしまいに、雪《ゆき》がくずれたと思《おも》うと――、その雪《ゆき》の中《なか》に、金色《きんいろ》の花《はな》がさいているのが見《み》えました。まるで小《ちい》さなお日《ひ》さまみたいな花《はな》が……。

「こんなところに、花《はな》が。」

地面《じめん》と雪《ゆき》のあいだには、すこしすきまがあいて、トンネルのようになっていました。

地面《じめん》には、すきとおった水《みず》がながれていました。
金色《きんいろ》の花《はな》は、こまかく、こまかく、ふるえています。
気《き》がつくと、わたしのむねも、どきどきしています。
小《ちい》さな雪《ゆき》のあなの中《なか》に、わたしは、花《はな》といっしょにしゃがんでいました。

いいこと　みつけた
いいこと　みつけた
ろ　ろ　ろろろ
水《みず》がうたっていました。
いいこと　みつけた
いいこと　みつけた
とっく　とっく　とっく

わたしのむねも、うたっていました。

こわれた1000の楽器《がっき》

［作《さく》］野呂昶《のろさかん》　［絵《え》］killdisco《きるでぃすこ》

ある大《おお》きな町《まち》のかたすみに、楽器倉庫《がっきそうこ》がありました。

そこには、こわれて使《つか》えなくなった楽器《がっき》たちが、くもの巣《す》をかぶって、ねむっていました。

あるとき、月《つき》が倉庫《そうこ》の高《たか》まどから中《なか》をのぞきました。

「おやおや、ここはこわれた楽器《がっき》の倉庫《そうこ》だな」

その声《こえ》で、今《いま》までねむっていた楽器《がっき》たちが目《め》をさましました。

「いいえ、わたしたちは、こわれてなんかいません。はたらきつかれて、ちょっと休《やす》んでいるんです」

チェロがまぶしそうに、月《つき》をながめていいました。そして、あわてて、ひびわれたせなかをかくしました。

「いやいや、これはどうもしつれい」

月《つき》は、きまり悪《わる》そうに、まどからはなれました。

町《まち》は月《つき》の光《ひかり》につつまれて、銀色《ぎんいろ》にかすんでいます。

月《つき》がいってしまうと、チェロは、しょんぼりとしていいました。

「わたしは、うそをいってしまった。こわれているのに、こわれていないなんて」

すると、すぐ横《よこ》のハープが、半分《はんぶん》しかないげんをふるわせて、いいました。

「自分《じぶん》がこわれた楽器《がっき》だなんて、だれが思《おも》いたいものですか。わたしだって、ゆめの中《なか》では、いつもすてきなえんそうをしているわ」

「ああ、もう一度《いちど》えんそうがしたいなあ」

ホルンがすみのほうからいいました。

「えんそうがしたい」

トランペットも横《よこ》からいいました。

「でも、できないなあ。こんなにこわれてしまっていて、できるはずがないよ」

やぶれたたいこがいいました。

「いや、できるかもしれない。いやいや、きっとできる。たとえば、こわれた10の楽器《がっき》で、1つの楽器《がっき》になろう。10がだめなら15で、15がだめなら20で、1つの楽器《がっき》になるんだ」

ビオラがいいました。

「それは名案《めいあん》だわ」

ピッコロがいいました。

「それならぼくにもできるかもしれない」

もっきんがはずんだ声《こえ》でいい

ました。

「やろう」「やろう」

バイオリンやコントラバス、オーボエ、フルートなども、立《た》ち上《あ》がっていいました。

楽器《がっき》たちは、それぞれ集《あつ》まって練習《れんしゅう》を始《はじ》めました。

「もっとやさしい音《おと》を！」

「レとソは鳴《な》ったぞ」

「げんをもうちょっとしめて……うん、いい音《おと》だ」

「ぼくはミの音《おと》をひく。きみはファの音《おと》をだしてくれないか」

毎日毎日練習《まいにちまいにちれんしゅう》がつづけられました。そして、やっと音《おと》がでると、

「できた」「できた」

おどりあがってよろこびました。

ある夜《よる》のこと、月《つき》は、楽器倉庫《がっきそうこ》の上《うえ》を通《とお》りかかりました。
すると、どこからか音楽《おんがく》が流《なが》れてきました。
「なんときれいな音《おと》。だれがえんそうしているんだろう」
月《つき》は、音《おと》のするほうへ、近《ちか》づいていきました。
それは、前《まえ》にのぞいたことのある楽器倉庫《がっきそうこ》からでした。
そこでは、１０００の楽器《がっき》がいきいきと、えんそうに夢中《むちゅう》でした。
こわれた楽器《がっき》は、ひとつもありません。ひとつひとつが、みんなりっぱな楽器《がっき》です。
おたがいにたりないところを、おぎないあって、音楽《おんがく》をつくっているのです。
月《つき》は、音楽《おんがく》におしあげられるように、空高《そらたか》くのぼっていきまし

た。

「ああ、いいなあ」

月《つき》は、うっとりとききほれました。

そして、ときどき思《おも》い出《だ》しては、光《ひかり》の糸《いと》を大空《おおぞら》いっぱいにふきあげました。

考《かん》えを広《ひろ》げる

お話《はなし》のポイント

この本《ほん》にのっているお話《はなし》を通《とお》して、考《かん》える力《ちから》を身《み》につける読《よ》み方《かた》のポイントを紹介《しょうかい》します。お話《はなし》のポイントに注目《ちゅうもく》してもう一度《いちど》読《よ》んでみると、あたらしい気《き》づきがあるかもしれません。お話《はなし》を「考《かん》え」ながら読《よ》むことで、より面白《おもしろ》く読《よ》むことができるようになっていき、国語《こくご》が得意《とくい》になります。

筑波大学附属小学校《つくばだいがくふぞくしょうがっこう》
国語科教諭《こくごかきょうゆ》　白坂《しらさか》　洋一《よういち》

おにたのぼうし

- 自分《じぶん》が考《かん》えている「おに」と、お話《はなし》の「おにた」のちがいを考《かん》えてみよう。
- 「おにだっていろいろあるのに」と言《い》ったおにたの気《き》もちを考《かん》えてみよう。

白《しろ》い花《はな》びら

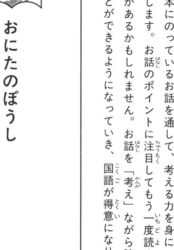

- お話《はなし》の中《なか》で「春《はる》」を感《かん》じる部分《ぶぶん》はどんなところだろう？
- タイトルの「白《しろ》い花《はな》びら」はなにをあらわしているだろう？

ちいちゃんのかげおくり

- ちいちゃんがかげおくりを家族《かぞく》としたときと、ひとりでしたときの気《き》もちを考《かんが》えてみよう。
- お話《はなし》の最後《さいご》にある「それから、何十年《なんじゅうねん》。」の前《まえ》と後《あと》で、ちがっているところはどんなところだろう？

モチモチの木《き》

- じさまの言葉《ことば》で気《き》になったのはどんな言葉《ことば》だろう？
- お話《はなし》の最後《さいご》で、じさまをションベンに起《お》こした豆太《まめた》の気《き》もちを考《かんが》えてみよう。

サーカスのライオン

・じんざと男《おとこ》の子《こ》は、おたがいのことをどう思《おも》っていたか考《かんが》えてみよう。
・サーカスのおしまいの日《ひ》、ライオンつかいのおじさんやおきゃくさんはどんな気《き》もちだっただろう。

セロひきのゴーシュ

・ゴーシュはどんな人《ひと》で、お話《はなし》のなかでどんなところが変《か》わっていっただろう？
・お話《はなし》の最後《さいご》、「あのときはすまなかったなあ。おれはおこったんじゃなかったんだ。」と言《い》ったゴーシュの気《き》もちを考《かんが》えてみよう。

ドングリ山《やま》のやまんばあさん

・お話《はなし》を読《よ》んで、やまんばあさんはどんな人《ひと》だと思《おも》ったかな？
・カラスのおくさんやこどもたちは、やまんばあさんをどんな人《ひと》だと思《おも》っているだろう？

だんじりまつり

- たいこをたたく前《まえ》と後《あと》でりょうくんの変《か》わったところを考《かんが》えてみよう。
- りょうくんの家族《かぞく》にとって「だんじりまつり」はどんなものだろう？

いいことって　どんなこと

- 「しゅん　しゅん　しゅん　ろ　ろ　ろ」など、お話《はなし》にでてくる音《おと》はどんな様《よう》子《す》をあらわしているか想像《そうぞう》してみよう。
- 「わたし」の気《き》もちはどんなところに、どんなふうに書《か》かれているだろう？

こわれた１０００の楽器《がっき》

- お話《はなし》のなかで楽器《がっき》たちの気《き》もちは、どう変《か》わっていっただろう？
- 月《つき》はどんな気《き》もちで楽器《がっき》たちを見《み》ていただろう？

おわりに

この本《ほん》を通《とお》して、あなたはどんなことを考《かんが》えましたか？　心《こころ》にぐっときたお話《はなし》、感動《かんどう》したお話《はなし》はありましたか？　お話《はなし》の中《なか》に、心《こころ》に残《のこ》る場面《ばめん》があった人《ひと》もいるでしょう。

例《たと》えば、「おにたのぼうし」。おにたは、「おにだって、いろいろあるのに。おにだって……」と言《い》って、つのかくしのぼうしを残《のこ》して、女《おんな》の子《こ》の前《まえ》から姿《すがた》を消《け》してしまいます。おにたは、女《おんな》の子《こ》に自分《じぶん》のことをどうして話《はな》さなかったのでしょう？　話《はな》せなかったのでしょうか？　そして、おにたのぼうしが残《のこ》っている意味《いみ》とは？　黒《くろ》い豆《まめ》は何《なに》を表《あらわ》しているのでしょうか？　さまざまな問《と》いが浮《う》かんできます。

「おにたのぼうし」だけでなく、その他《ほか》のお話《はなし》を通《とお》してあなたが考《かんが》えたことや感《かん》じたこと――例《たと》えば、「戦争《せんそう》」や「失《うしな》うこと」、「いいことってどんなことだろう」などは、私《わたし》たちがこれから生《い》きていく上《うえ》でも大切《たいせつ》なことだと思《おも》います。

そして、お話《はなし》を読《よ》むときに目《め》を向《む》けるところが一年生《ねんせい》や二年生《ねんせい》とは変《か》わってきていることに気付《きづ》くと思《おも》います。それは、登場人物《とうじょうじんぶつ》のしたこと（行動《こうどう》）や言《い》ったこと（会話文《かいわぶん》）だけでなく、お話《はなし》の終《お》わり（結末《けつまつ》）や題名《だいめい》に目《め》を向《む》け始《はじ》めているからです。

この本《ほん》で紹介《しょうかい》しているのは日本《にほん》のお話《はなし》ばかりですが、図書館等《としょかんなど》で、海外《かいがい》のお話《はなし》を読《よ》むときにも、お話《はなし》の結末《けつまつ》や題名《だいめい》に目《め》を向《む》けて読《よ》むことで、じっくり考《かんが》えることの楽《たの》しさを実感《じっかん》してほしいと思《おも》います。

筑波大学附属小学校《つくばだいがくふぞくしょうがっこう》　国語科教諭《こくごかきょうゆ》　白坂《しらさか》　洋一《よういち》

著者略歴

あまんきみこ

1931年、満州生まれ。主な作品に「車のいろは空のいろ」シリーズ、『きつねのみちは天のみち』などがある。

斎藤隆介《さいとうりゅうすけ》

1917年、東京都生まれ。主な作品に『ベロ出しチョンマ』『立ってみなさい』などがある。1985年死去。

宮沢賢治《みやざわけんじ》

1896年、岩手県生まれ。主な作品に『銀河鉄道の夜』『風の又三郎』などがある。1933年死去。

はまのゆか

1979年、大阪府出身。主な作品に『いもほり』『さわってもいい？』などがある。

野呂昶《のろさかん》

1936年、岐阜県生まれ。詩人。主な作品に『詩集ふたりしずか』『いろがみの詩』などがある。

やえがしなおこ

1965年、大阪府生まれ。主な作品に『雪の林』『にしきのなかの馬』などがある。

川村《かわむら》たかし

1931年、奈良県生まれ。主な作品に『凍った猟銃』『山へいく牛』などがある。2010年死去。

富安陽子《とみやすようこ》

1959年、東京都生まれ。主な作品に『クヌギ林のザワザワ荘』「内科・オバケ科　ホオズキ医院」シリーズなどがある。

神沢利子《かんざわとしこ》

1924年、福岡県生まれ。主な作品に『ちびっこカムのぼうけん』『くまの子ウーフ』などがある。

底本一覧

おにたのぼうし
（『おにたのぼうし』 ポプラ社 1969年）

白い花びら
（『白い花びら』岩崎書店 2017年）

ちいちゃんのかげおくり
（『ちいちゃんのかげおくり』あかね書房 1982年）

モチモチの木
（『モチモチの木』 岩崎書店 1971年）

サーカスのライオン
（『サーカスのライオン』ポプラ社 1972年）

セロひきのゴーシュ
（『セロひきのゴーシュ』所収ポプラ社 2005年）

ドングリ山のやまんばあさん
（『ドングリ山のやまんばあさん』理論社 2002年）

だんじりまつり
（『だんじりまつり』ポプラ社 2005年）

いいことって どんなこと
（『いいことって どんなこと』福音館書店 2001年）

こわれた1000の楽器
（『こわれた1000のがっき』カワイ出版 1993年）

好評発売中

1・2年生は
オールカラー！

楽しく考える
教科書のお話 1年生

［収録作品］
おむすびころりん
はなさかじいさん
しましま
おおきなかぶ
天にのぼったおけやさん
びんぼうがみとふくのかみ
つるにょうぼう
わらしべちょうじゃ
だんごどっこいしょ
なまえをみてちょうだい

楽しく考える
教科書のお話 2年生

［収録作品］
かさこじぞう
にゃーご
はるねこ
きつねのおきゃくさま
ワニのおじいさんのたからもの
さかなには なぜしたがない
ないた赤おに
かたあしだちょうのエルフ
チワンのにしき
ウサギのダイコン

考えを広げる
教科書のお話 3年生

［収録作品］
おにたのぼうし
白い花びら
ちいちゃんのかげおくり
モチモチの木
サーカスのライオン
セロひきのゴーシュ
ドングリ山のやまんばあさん
だんじりまつり
いいことって どんなこと
こわれた1000の楽器

考えを広げる
教科書のお話 4年生

［収録作品］
白いぼうし
走れ
一つの花
ごんぎつね
木竜うるし
せかいいちうつくしいぼくの村
小さな山神スズナ姫
酒呑童子
お江戸の百太郎
注文の多い料理店

考えを深める
教科書のお話 5年生

［収録作品］
雪渡り
いつか、大切なところ
おにぎり石の伝説
おじいさんのランプ
絵物語古事記
かはたれ
もりくいクジラ
よだかの星
ぽっぺん先生の日曜日
風切る翼

考えを深める
教科書のお話 6年生

［収録作品］
やまなし
あの坂をのぼれば
きつねの窓
海のいのち
グスコーブドリの伝記
ブラッキーの話
ヒロシマの歌
青葉の笛
いとの森の家
君たちに伝えたいこと

監　修

白坂洋一《しらさかよういち》

筑波大学附属小学校教諭。鹿児島県出身。鹿児島県公立小学校教諭を経て、現職。教育出版国語教科書編集委員。『例解学習漢字辞典［第九版］』（小学館）編集委員。著書に『子どもを読書好きにするために親ができること』（小学館）『子どもの思考が動き出す 国語授業4つの発問 』（東洋館出版社）など。

※現代においては不適切と思われる語句、表現等が見られる場合もありますが、作品発表当時の時代背景に照らしあわせて考え、原作を尊重いたしました。

※読みやすさに配慮し、旧かなづかいは新かなづかいにし、一部のかなづかいなど表記に調整を加えている場合があります。

よんでよかった！
考えを広げる　教科書のお話　3年生
2025年2月　第1刷

監修	白坂洋一
カバーイラスト	fancomi
カバー・本文デザイン	野条友史（buku）
DTP	株式会社アド・クレール
校正	株式会社円水社
発行者	加藤裕樹
編集	荒川寛子・井熊瞭
発行所	株式会社ポプラ社
	〒141-8210　東京都品川区西五反田3-5-8
	JR目黒MARCビル12階
	ホームページ　www.poplar.co.jp
印刷・製本	中央精版印刷株式会社

ISBN 978-4-591-18536-0　N.D.C.913　191p　21cm　Printed in Japan

P4188003